君がくれた「好き」を永遠に抱きしめて

miNato

STARTS
スターツ出版株式会社

薄れゆく意識の中、私はそっと目を閉じる。

どこかで誰かが私の名前を呼ぶ声がする。

だけどそれに答えられないどころか、全身が温かい光に包まれて、ふわふわと宙に浮くような現実味のない感覚が襲った。

私にもようやくそのときがきたのだろう。

最期のときまでそばにいてくれたきみのことが大好きでした。

きっとこれは運命の恋で、出逢ったときからきみに心奪われていた。

一緒にいられる時間はすごく短かったけど、私はとても幸せでした。

ありがとう、そして、さよなら。

目次

君がくれた「好き」を永遠に抱きしめて

第一章　きみと出逢った

憧れの明倫《めいりん》高校に入学して一カ月と少し。まだ新緑が鮮やかな五月の初旬。

『次はー椿《つばき》が丘《おか》北口、椿が丘北口に停車します。お降りのお客様は……』

通学バスの車内にアナウンスが響《ひび》いた。今日はいつもよりもだいぶ帰りが遅くなってしまったので、バスの中は混雑している。

かろうじて席に座れたはいいものの、さっきから近くに立つ男子高校生の姿に緊張しっぱなしで落ち着かない。

背の高い茶髪の彼は目鼻立ちのはっきりとした男の子。

顔が小さくてモデル体型のせいか、目立っているし、立っているだけで人の目を惹《ひ》きつける。

そんな彼は北央《ほくおう》高校に通う一年生、日向晴臣《ひゅうがはるおみ》くんだ。

名前と学年はバスの中でリサーチ済み。といっても、女の子たちが噂《うわさ》してるのを聞いただけで、本人から直接ではない。

「……はぁ」

ため息が聞こえてちらりと斜め上を見ると、日向くんは吊革《つりかわ》につかまったまま、うなだれるようにして立っていた。

心なしか顔が赤いような気がするし、目を閉じて眉間《みけん》にシワを寄せ、なんとか吊り革につかまっている状態。

なんだか、様子がおかしい……。

大丈夫かな？

声をかけてみる？

でも、相手はあの日向くんだし勇気が出ない。

迷っているうちに、バスはどんどん進んでいく。

次の停留所に着いたとき、私は意を決した。

「あ、あの……！」

人がたくさんいるバスの中で、緊張して手が震える。

私の声に気づいたらしい日向くんは薄目を開け、怪訝《けげん》な眼差しをこちらに向けた。

目が合うとドキッとして、さらに落ち着かなくなる。

「だ、大丈夫……？」

「………」

「さっきからツラそうだけど、もしよかったら、ここどうぞ」

そう言って私はカバンを手にして座席から立ち上がろうとした。

「大丈夫だから」

でも、素っ気なくそう言われて、顔をそらされてしまった。

大丈夫って、そんなふうには見えないんだけど。

だけどそれ以上どう言えばいいかわからなくて、いっぱいいっぱいだった私の身体は恥ずかしさで熱くなっていく。

ちらちらと彼のことを気にしながら、静かにバスに揺られた。

しばらくすると日向くんの眉間にはさっきよりも深いシワが刻まれて、おまけにカタカタと震え出した。

やっぱりツラそう……。

でもまた断られたら、今度こそメンタルはズタボロになる。

いっそのこと黙って席を立つ？

余計なお世話かな？

ぐるぐる考えを巡らせていると、弱々しい視線を感じて顔を上げた。

大きくてパッチリした二重まぶたにキリッとした表情。スッと通った鼻筋に、形のいい唇《くちびる》。日向くんは学校中の誰もが知るほどのイケメンだ。

「わり……やっぱ、限界……っ」

「え？」

限界……？

やっぱり無理してたんだ？

「ど、どうぞ」

とっさに立ち上がり席を譲《ゆず》る。

「どうも……」

かろうじて聞こえるほどの声でそう囁《ささや》くと、日向くんは倒れこむように席に座った。頭を窓に持たせかけて目を閉じている。

ゴホゴホッと重い咳《せき》までしてすごくツラそう。

「いってぇ……」

うわ言のようにそうつぶやいて、喉《のど》の辺《あた》りを手でさする日向くんから目が離せない。

学ランとシャツの一番上のボタンだけ開けて、足元は黒地に白い星型の模様が入ったスニーカー。こんなことがなければ、到底関わることなんてなかったであろう人。

呼吸を荒くしながら日向くんは寝入ってしまった。

終点間際になると席も空いてガランとする。

さっき喉が痛いって言ってたけど……大丈夫かな?

カバンの中を探って、普段から常備しているお気に入りのいちごののど飴《あめ》を取り出す。

ちょうど帰りに買ったばかりの物だ。

迷いながらも、私はそれを日向くんのカバンの上にそっと置いた。

ドキンドキンとありえないほど鼓動が高鳴って、手に汗を握る。自分からこんなことをしたのは初めてだった。

三日後。

「おはよ、ひまり」

「あ、おはよう！」

学校に着くと同じクラスの海堂苑子《かいどうそのこ》、通称苑ちゃんが真っ先に私の元へとやって来た。

苑ちゃんは小学校からの親友で、テニス部に所属している姉御肌《あねごはだ》タイプの女の子。サラリと揺れるポニーテールがトレードマークの美人さんだ。

「苑ちゃん、英語の小テストの予習やった？」

「あ！　忘れてた！」

「ふふ、だと思った～！　はいこれ、ヤマをまとめてきたよ」

「わ！　ありがとう！　さすがひまり！」

教科書を机にしまいながら、苑ちゃんにルーズリーフを渡す。

「すごいよね、ひまりは。みんなきっと小テストなんて気合い入ってないのに。真面目すぎる」

「そんなことないけど」

他愛もないいつも通りのやり取り。苑ちゃんと一緒にいると、楽しくて気を遣わないからとても楽だ。

それにクラスも男女問わず仲がよくて、先月はみんなでカラオケに行った。目立つグループの男子たちが盛り上げてくれて笑いが絶えず、クラス仲はよりいっそう深まった。

順風満帆《じゅんぷうまんぱん》な学校生活。

「おはよう、ひまちゃん。苑ちゃんもー!」

「おはよう」

「ねぇねぇ、聞いて聞いて~!」

隣の席の派手な女子がやって来ると、私と苑ちゃんに挨拶《あいさつ》してくれた。笑顔で応《こた》えて三人でのお喋《しゃべ》りが始まる。

話題を提供してくれるのはムードメーカーの美奈《みな》ちゃんだ。メイクをバッチリキメて、明るく染めた髪を毎日器用に巻いている。

話の内容は今流行《いまはや》りのファッションだったり、芸能人やアイドル、学校内外の人気者の男子の話だったりさまざま。

私はうんうんと相槌《あいづち》を打っているだけ。そうすれば時間がすぎていく。目立つことなくひっそりと、それくらいがちょうどいい。

苑ちゃんには「もっとはっきり思ってること言いなよ」って言われるけど、意見が食いちがうくらいなら、黙っているほうがいいんじゃないかと思う。

「そうそう、昨日の夜、駅で北央の日向くんを見たの！」

ドキン。

日向くんのことだ。

「へぇ、また喧嘩《けんか》でもしてたの？」

「それがさ、年上っぽいモデル系の美女と一緒だったよ」

「えー、彼女かな？」

ふたりの会話に耳をそばだてる。

彼女……。

いや、いてもおかしくはないよね。

他校だけど日向くんは私たちの学校でもとても有名で、なにかと噂になることが多い。

喧嘩が強くて、毎日悪い仲間とつるんでる。

年上の美人な彼女がいる。

ワガママでかなり性格が悪い。

どの噂もしっくりこないというか、日向くんとは似ても似つかない。

だって……私は知ってるから。

本当の日向くんの優しさを。

この三日間、バスで姿を見かけないけれど、風邪はもう大丈夫なのかな。

彼女と出歩いていたということは元気になったんだよね？

よかった。


「わー、遅くなっちゃった！」

学校を出ると、辺りにはオレンジ色の夕陽がさしていた。学校からバスの停留所までは徒歩五分くらいで、バスの時間が迫っていたためダッシュで向かう。

必死に足を前に押し出して、なりふりなんてかまっていられない。

だってこれを逃すと次のバスが来るまで、結構待たなければならないからだ。だからなんとしてでも間に合ってみせる。

「はぁ、はぁ」

その甲斐《かい》あってなんとかバスに間に合った。呼吸を落ち着かせるように胸に手を当てて深く息を吸う。

空いてる席がないか車内を見回すと一番後ろからひとつ手前、ふたり掛けの席に学ラン姿の茶髪の男の子が見えてドキッとした。

「あ」

やっぱり、日向くんだ。

イヤホンをしたままぼんやりと外の景色を眺める。この前はツラそうだった横顔も、いつものようにクールな表情に戻っている。

じっと見つめていると、不意に彼がこちらを向いた。

わ、どうしよう。

目が合い、恥ずかしくてパッとそらしてしまった。

ドキンドキンとありえないほどの胸の高鳴り。

ど、どうしよう、見ていたことがバレたら変に思われてしまう。

どうすればいいかわからず、うつむきながら手すりにつかまった。バスに揺られながらも、気になるのは日向くんのことばかり。

なぜだかひしひしと、突き刺さるような視線を感じて顔を上げられない。

自分の顔が熱いことに気づいて、どうか日向くんに見られませんように……そう願ったとき。

「あのさ」

「へっ⁉」

不意に声をかけられ、なんともマヌケな声が出た。

驚きすぎて目を見開く私の前に、澄《す》まし顔をした日向くんの姿があった。わざわざ席を立ってきてくれたらしい。

「これ」

日向くんはポケットからなにかを取り出し、私に差し出した。

手の中にはスティックタイプのいちごののど飴。

「あ……」

これ。

この前、私が置いて帰ったやつだ。

「あんたが置いといてくれたんだろ？」

「あの、喉……すごくツラそうだったから。余計なことしてごめんなさいっ！」

のど飴は未開封のまま。

寝てる間にカバンの上に置いたんだから当たり前だ。誰からもらったのかわからないものなんて、普通は食べられないに決まっている。しかも日向くんにとって私は、ほとんど知らない相手だろうし。

私のバカ。絶対引かれてるよ……。

「いや、ほんと喉ツラかったから助かった」

「え？」

「それに席も譲ってくれただろ？」

「………」

「意識がもうろうとしてたから、はっきり覚えてなかったけど……目が合ったし、なんとなく直感で飴くれたの、あんたかなって」

あ、あれ。

変に思われたわけではなかった？

まさかの展開に思考が追いつかず、突っ立ったままの状態で固まる。

「もらったのはあのとき食っちゃったから。これ、お返し」

「え、と」

「同じので悪いけど」

そんなふうに思ってくれてたんだ？

表情を変えずに、どこかぎこちなく自分の髪を触る日向くん。

わざわざ新しく買い直してくれたの？

「ありがとう、ございます」

おずおずと手を差し出せば、日向くんがポンと、のど飴をのせてくれる。軽く指先が触れて、慌てて手を引っ込めた。

うう、恥ずかしい。

「こっちこそ、どーも」

日向くんの口元がゆるやかに微笑み、クールな印象から優しい雰囲気に変わる。

カッコいいなぁなんて改めてそんなふうに思い、胸の奥がチリッと熱くなった。

触れた手がいつまでも熱くて、そこだけやけにじんじんしていた。


「……はぁ」

夜、自分の部屋でベッドに横たわり、もらったのど飴を眺めながらため息の連続。

日向くんの優しい笑顔が頭から離れない。

目を閉じ、開けられないままののど飴を胸に抱きながら、日向くんと初めて会った日のことを思い返す。

それは中三の夏休み、毎日のように通っていた塾の夏期講習の帰りだった。

たまたま立ち寄ったコンビニで飲み物を買って出ようとすると、男子高校生三人が出入り口で立ち止まったまま一人のスマホ画面を覗きこんで騒いでいた。両サイドにすき間はあるが、人は通れないほど。

どうしよう、出られない……。

ちょうど店に入って来ようとした小柄なおばあさんの姿が目に入り、余計に戸惑ってしまう。

ここで『すみません、通りたいんですけど』と言える性格だったら、どんなによかっただろう。

おばあさんは困ったような顔でサイドのすき間に目をやり、無理やりそこを通ろうとした。きっと、近づけば相手が気づいて退いてくれると思ったのだろう。

しかし、スマホに夢中の三人は一向に気づく様子がないどころか、目の前にいる私にさえ目もくれない。

『おお、すげー、レアアイテムじゃん！』

そう言い、大げさにリアクションした男子高校生の肘《ひじ》が思いっきりおばあさんに当たった。

危ない！

バランスを崩し、よろけるおばあさん。だけどなんとか踏み止まり、転ばずにすんだ。もし転んでケガでもしていたらと思うと怖い。

ぶつかった男子高校生はおばあさんをチラ見しただけで、スマホ画面に視線を戻した。

『あ、あの！　謝ってください……！』

私は気づくと大きな声で叫んでいた。普段から言いたいことが言えない私が、どうしてそんな行動に出たのかはわからない。ただ、見過ごせなかった。いや、許せなかったのだ。

『はぁ？』

『なにこいつ』

ものすごい形相《ぎょうそう》で睨《にら》まれてしまい、足がガクガク震えた。しまいには変な汗が出てきて、気を抜くと卒倒《そっとう》しそうだった。

『おまえみたいに正義感振りかざすヤツ、マジでうざい』

『どっか行けよ、バーカ』

嘲笑《あざわら》うような声にカーッと顔が熱くなった。

『おい、おまえら』

そのときだった。怒りを含んだ低い声が聞こえたのは。

『邪魔だからどけよ』

『はぁ？　なんなんだよ、おまえ！』

『やべ、こいつ日向晴臣じゃん』

『え？　あの、日向……？』

男子高校生たちは顔色を変え、左右に退《しりぞ》いた。そこに立っていたのは涼しげな目元が印象的な目鼻立ちのはっきりとした男の子だった。スッと通った鼻筋と血色がいい唇はバランスよく整っている。

世間では彼のような人をイケメンと呼ぶのだろう。

まだ少し幼さが残る顔立ちは、少年のようでもあり、高校生には見えない。顔が小さくモデル体型の彼は、背が高く体格がいいので、高校生男子たちもひるんでいるようだ。

威圧感たっぷりの鋭い雰囲気に、私までヒヤリとさせられる。

高校生にまで名前を知られている彼は、いったい何者なのだろうか。

ケンカが強い不良……とか？

だとすると、少し怖い。でも今は助けてくれようとしているから悪い人ではないのかもしれない。

『謝れよ、ぶつかっただろ』

『………』

誰もが皆、なにも言い返せずただ彼をじっと見ていた。

『お、おい、どうする？』

『どうするって、そりゃ、なぁ……？』

彼らは気まずそうに顔を見合わせ右往左往する。

『す、すみませんでしたー！』

そうこうしているうちに、おばあさんにぶつかった張本人が頭を下げると同時に、この場から走り去った。

『ち、なんなんだよ、中坊が！』

その他の男子たちも逃げるように立ち去り、辺りはシーンと静まり返る。

『ごめんなさいね、迷惑かけちゃって。助かったわ、どうもありがとう』

『いや、無事ならよかったっす』

彼がおばあさんに向かって小さく微笑む。さっきまでの雰囲気とは似ても似つかない表情だ。

『あなたも、ほんとにごめんなさいね。ありがとう』

おばあさんがぎゅっと私の手を握った。

『いえ、私はなにも……』

結局力になれなかった。

それでもおばあさんは日向くんと私に何度もお礼を言い、私から手を離して店内に入っていった。

『あんたも、大丈夫か？』

『え、あ』

全身にじっとり汗をかいていたことを、今になってようやく自覚した。

『こ、怖かった……！』

『そう言うわりには、小さい身体で強気だったけどな』

『そ、そんなことないです……！　すみません、助けていただいて。ありがとうございました』

怖そうに見えて優しい人なのかな。よくわからないけど、悪い人ではなさそうだ。

私はそんな彼に向かってぺこりと頭を下げた。

『いいよ、べつに大したことしてないんだし』

『ううん、助かりましたから』

感謝の気持ちを伝えたくて、私は彼の目をまっすぐに見つめて笑う。

目の前の彼はそんな私に大きく目を見開いた。そしてぷいとそっぽを向いてしまう。

『じゃ、じゃあ気をつけて帰れよ』

『あ、はい』

時間にすると五分にも満たないことだったけれど、私はずっと彼のことを忘れられなかった。その証拠にコンビニの前を通るときはいつも彼の姿を無意識に探していた。

だから高校生になって通学バスの中で見かけたときは、すごくドキドキしてしまった。

向こうはきっと覚えていないだろうけど、それでもよかった。

日向くんが北央高校で女子から人気なんだと知ったのも、入学してすぐの頃。

まぁ、あれだけカッコいいし目立つからモテるのもわかる。人を寄せつけないオーラを放っているけど、バスの中でお年寄りがいたら席を譲るし、優しい人なんだよね……。


コンコンとノック音が響く。

窓際から小鳥のさえずりが聞こえて薄目を開けると、カーテンの隙間から陽光がさしているのがわかった。

どうやら今日もいい天気らしい。

「う、ん……」

「ひまちゃん、起きてる？」

頭が重くてボーッとする。なんならまぶたも重くて下がっていきそう。

「そろそろ起きなきゃ遅刻するよ」

「え……？」

遅刻……？

遅刻……！

「もう朝!?」

ようやく意識がはっきりしてきて、布団をはねのけベッドから勢いよく起き上がる。

スマホを見ると、家を出る時刻の二十分前だった。

「わ、やばっ」

「ひまちゃん？　起きた？」

ドアの向こうから聞こえる声に返事をしている余裕はない。慌てて飛び起き、部屋のドアを開ける。

「あら、今起きたのね」

「うん、おはよう……って、急がなきゃ！」

母親の横をすり抜け二階にある洗面台で顔を洗い歯を磨いた。再び部屋に戻ってからパジャマを脱いで制服に着替える。

チェック柄の青色のプリーツスカートにカッターシャツ、ワインレッドのリボン。

ブレザーはベージュでベストは紺《こん》色。

上下の組み合わせがとてもかわいくてすごく気に入っている。高校生になりたての頃は、制服を着るのが待ち遠しくて毎朝鏡を見ていたっけ。

一カ月も経てばさすがに見慣れるけれど、それでもやっぱりかわいい。

メイクはグロスを塗る程度でほぼスッピン。肩下まで伸びたストレートの髪を、ブラシで簡単にセットする。

　そしたらいつもの私の出来上がり。

「お姉ちゃん、おはよう」

　階段をおりる私に六歳の弟の晶《あきら》がかわいく笑う。

「おはよう、あきくん」

　頭を撫《な》でるとうれしそうに頬《ほお》を寄せてきた。

「お姉ちゃんもう行くの？」

「うん！　食べてる時間ないから」

「はい、お弁当」

「あ」

　手にしたランチバッグを、笑顔で私に渡してくれるあきくん。私と似ていなくて本当にしっかりしている。

「ありがとうー、あきくん！」

　ランチバッグを受け取りカバンに詰め込み玄関で靴を履く。寝坊なんてめったにしないから、慌ただしい朝は珍しい。

「ひまちゃん、行くの？」

リビングのドアが開いて中から母親が顔を見せた。背筋をピンと伸ばして、インプットされている笑みを顔に貼りつけた。

笑わなきゃ、いつも、いつだって私は笑ってなきゃ。そんなことを思いながら、持ち上げた頬はかすかに震えている。

「おはよう」

気づかれないように、さらに口角を上げて見せた。すると母親の後ろからきっちりとネクタイを締めたお父さんの姿が。

「ひまり、もう行くのか？」

「お父さん、おはよう」

「寝坊なんて珍しいじゃないか」

「あはは、まぁね」

「お姉ちゃん、あのね！　日曜日は遊園地に行くんだよ！　お姉ちゃんも一緒に行こうよ」

遊園地……？

「えー私はいいよ、みんなで楽しんできて」

笑っていればたいていはうまくいく。

だから私は笑うしかない。

「じゃあ行ってきまーす！」

家族に見送られながらマンションの部屋を出る。

うちは普通の四人家族だ。

母親と弟とは血がつながっていないことを除けば、そう……ごくごく普通の。

弟は私を慕《した》ってくれてるし、母親も十分すぎるほど優しい。不満なんてないはずなのに、必死に家族のフリをしながらすごしてきた。そうしているうちに、どうしたら心から笑えるのかわからなくなって、心がマヒし始めた。

表情とは裏腹に、どんどん暗い闇に沈んでいってるような、そんな感覚がする。

——だめだ、切り替えないと。

暗い気持ちを振り切るように、マンションのエントランスを駆け抜けた。道路を挟んだ先に大きな森林公園がある。木々を横目に通り過ぎて角を右に曲がると、すぐにバス停だ。

角を曲がるとちょうど発車したバスのエンジン音がひときわ大きく響いた。

「う、嘘でしょ……」

ダッシュで追いかけたけど、距離はどんどん開いていく。

「はぁはぁ……」

膝《ひざ》に手をつきうなだれる。確実に遅刻決定だ。

うう、ショック……。

停留所に戻り、十分待ってようやく次のバスに乗ったけど、始業時間に間に合わないためか学生の姿はない。それにラッシュをすぎたから車内はとても空いている。

どこに座ろうかと左右を見回したときだった。

「あ……」

私の視線の先にはいつもの定位置で、外の景色を眺めている日向くんがいた。きれいな横顔に目を奪われて、自然と足が止まってしまう。

ドキドキしすぎて緊張する。わー、こんな日に限って寝坊するとか。髪の毛跳ねてたらどうしよう。

そんなことを思いながら、日向くんと反対側の座席に腰を下ろす。

思わずチラチラ見ていると不意に彼がこっちを向いた。

ドキン。

わー、どうしよう！

目が合ってめちゃくちゃ恥ずかしい。

「おはよ」

え……？

わ、私に言ってる……？

キョロキョロしてみるけど辺りには誰もいない。

焦《あせ》ってオロオロしていると日向くんはおかしそうに噴き出した。

「あんたに言ったんだけど」

「お、おはよう！」

まさか話しかけてもらえるなんて夢にも思ってなかった。

ためしに手の甲を軽くつまんでみたけど、痛みは本物でこれは現実だとわかる。

か、顔が熱い。それに尋常じゃないぐらいドキドキしてる。

恥ずかしさでいっぱいになり、とりあえず前を向く。そして肩にかけていたカバンをそっと膝の上に下ろした。すると、ヒヤッとした感覚が。

え、なに……？

「きゃあ」

スカートが濡れていた。原因はどうやらカバンにあるらしい。

すぐさま中をたしかめると、カバンの底が見事にビチャビチャだった。

「うわー、やっちゃった……」

どうやらマグボトルのフタがちゃんとしまっていなかったようだ。走った拍子《ひょうし》にカバンの中で倒れて中身が漏れたらしい。

教科書やノート、カバンの中が悲惨《ひさん》なことになっている。

「た、タオル……」

中を探るけど朝急いでいたこともあって、どうやら忘れたみたい。ああ、ほんとについてないよ。

「ほら」

「え……？」

うなだれた私の目の前に差し出された真っ白いタオル。思わず顔を上げると、日向くんがこっちに手を伸ばしていた。

「拭《ふ》くの、持ってないんだろ？」

「え、でも」

とてもじゃないけど、日向くんのタオルを借りるなんてできっこない。新品みたいでふわふわだし余計に汚せないよ。

「麦茶だから匂いつくし、それにタオル茶色くなっちゃうかも……」

「いいから。俺もそういうの、よくやるし」

「………」

どうしよう。本当にいいのかな。

「ありが、とう」

おずおずとタオルを受け取る。そのとき指先が軽く日向くんの手に当たった。

「ご、ごめんなさい！」

慌てて手を引っ込めてパッと前に向き直り、借りたタオルでカバンの中を拭く。その間ずっと日向くんから視線を感じた。

かすかに笑う声がしたのでこっそり横目で見ると、おかしさをこらえられないように、肩を揺らしていた。その顔もさわやかでカッコいい。

うぅ、キラキラまぶしくて直視できないよ。

「や、なんか反応が新鮮っつーか」

「…………」

「面白くて」

ドキン。

照れたように笑う日向くんに、ますます顔が上げられない。

クールでそんなことを言いそうにないのに、動揺してしまい頭がパニックになる。

それに日向くんの笑顔の破壊力ときたらとんでもない。

一瞬で目を奪われて、日向くんのことしか見えなくなった。

「名前は？」

「ひまり……も、桃咲《ももさき》、ひまり」

「桃咲、ね。覚えた」

なんでだろう、日向くんに名前を呼ばれるとそわそわして落ち着かない。

「俺は日向晴臣。よろしくな」

「あ、うん……」

知ってるよ、とは口が裂《さ》けても言えなかった。


「ひまり、ひまりってば！」

「え？　あ、苑ちゃん」

「お弁当食べないの？」

「た、食べる！」

昼休みの教室は騒がしい。私と苑ちゃんは、向かい合うようにしてお弁当を広げていた。

食べかけの手が止まっていたことにハッとして、慌てて手を動かす。

「コスプレカフェって嫌だなぁ。私、絶対コスプレなんて似合わないのに。ひまりはどう思う？」

「うん」

「いや、『うん』って。聞いてる？」

「うん……って、なにが？」

やばい、ボーッとして適当に返事をしちゃってた。

「最近のひまり、なんだか変じゃない？」

「ごほっ！」

鋭い目で苑ちゃんは核心《かくしん》をついてきた。

でも、だけどなにがどうなのって聞かれても、うまく答えられない。自分でもよくわからないんだ。どうしてこんなにぼんやりしてしまうのか。

「なにかあったの？」

「な、ないない！　なにもない！」

「そうは見えないけど。ね、福島《ふくしま》もそう思うよね？」

ちょうど私たちのそばで男子数人と話していたクラス委員長の福島は、頭がよくて真面目系の黒髪男子。

「え、俺？」

「うん。最近のひまりは変だよね？」

「へ、変じゃない変じゃない！　もう、福島にまでそんなこと言うのやめて～！」

彼とは同じ中学校出身で、中二からずっと同じクラスだった。

男子の中では一番話す相手だけど、学校で会話するだけでプライベートで遊んだりしたことはない。恋愛感情からは遠く離れた、まったく気兼ねしない間柄。

「桃咲がなにか変なの？」

「なんでもないから気にしないで」

そう言って無理やり話を終わらせ、残りのご飯をパクパク食べる。苑ちゃんはそれ以上なにも言ってこなかったけれど、不思議そうな顔をしていた。

今日、この間日向くんに借りたタオルを持ってきたのだけれど、朝は偶然同じバスに乗れたものの、混雑していてなかなか話すチャンスがなく、返せなかった。

となると、帰りのバスなんだけど……会えるかな？　会いたいな、会えたらいいのにな……。

そればっかり考えてたら、ついつい上の空になっていた。

放課後が待ち遠しくて仕方ない。

まるで魔法にかかったみたいに、頭から日向くんのことが離れない。昨日の夕方は会えなかったから、今日は会えますように……。

学校を出て、停留所で桜町南口行きの市バスを待つ。彼が乗っていますように。心の中でそう唱えながら、到着したバスに乗り込んだ。

「よう」

背後から低い声がした。私への挨拶だとわかるのに数秒かかったのは、彼はいつも座っている後部座席ではなく、入口付近の吊革につかまって立っていたから。

頭ひとつ分の身長差があって見下《みお》ろされる形になった。手足もスラッとしていて立ち姿がとてもきれい。

「こ、こんにちは！」

気が動転して思わず頭をペコリと下げる。うれしいけれど、わー、どうしよう。緊張するよ。

そんな私を見て日向くんは小さく笑った。その笑顔に心臓がトクンと跳ねる。これから私が降りるバス停までの約三十分間、ずっと一緒にいられるんだと思ったらすごくうれしい。

挨拶の流れで日向くんの隣に立って手すりにつかまる。なんだか、周りの女の子たちからの視線が痛い。みんなが日向くんに注目しているのがわかった。

「わ」

バスがカーブを曲がる瞬間、足元がふらついて体が揺れた。

その拍子に空いていた距離がグッと縮まり、日向くんの胸に飛びこむ。さらには日向くんが不安定な私の体を片手で支えてくれた。

「大丈夫か？」

「!!」

あまりにも近い距離に日向くんの顔があってハッとする。

ものすごく身体が熱くなって、顔が赤く染まっていくのがわかった。

「桃咲？」

耳元で優しく名前を囁かれ、私の心臓は破裂寸前。

「だ、大丈夫！　ごめんね！　もうホント、全然大丈夫だからっ！」

真っ赤な顔を見られたくなくてろくにお礼も言わず、背を向ける。

昨日だって笑われたばかりなのに。なんだか私、変なところばかり見せてるよね？

日向くんを前にするといつもの私でいられなくなる。せっかく声かけてくれたのに、かわいくない態度ばっかり。

「はは」

「な、なんで笑うの？」

そっぽを向いたたまま尋ねる。

「面白いから」

「………」

また、面白いって……。

どういう意味で言われてるんだろう。それ次第でショックを受ける可能性もあるんだけど。思わずうつむくと、視線を感じてさらにドギマギする。

「なにへこんでんの？　マジでわかりやすいよな、桃咲は」

「わかりやすい？」

思わず振り返った。

「考えてること、顔にめちゃくちゃ出てる」

「うっ」

ってことは、さっき赤くなってたのも気づかれてた？

だとしたら、恥ずかしすぎる。

「なんか、話してると楽しい」

「え？」

た、楽しい……？

それはかなりうれしい、かも。

やばい、顔がゆるむ。

「あ、そうだ。……あの、これ、ありがとう」

カバンの中からタオルを取り出して渡す。

「あー、いつでもよかったのに」

「ううん、借りたものはすぐに返さないとね」

「律儀《りちぎ》だな」

そう言ってまた小さく笑う。

まだ信じられない。ずっと見ているだけだった、憧れの日向くんと今こうしていることが。

その日から、私たちはバスの中で話をするようになった。

バスに乗るとまず日向くんの姿を探して、姿が見えなかったら、あからさまに落ち込んで。

行きも帰りも会えなかった日は、夜寝る前に宝物の「四つ葉のクローバーの栞《しおり》」に明日は会えますようにってお願いする。

そうして眠りにつくと、不思議なことに、翌朝日向くんがバスに乗ってる。きっと、この四つ葉のクローバーが奇跡を起こしてくれたんだ。なんて、高校生にもなって信じてるなんて自分でもバカげてると思う。

ブレザーのポケットから栞を出して、あらためて眺める。

これは、五歳のときに亡くなった実のお母さんと、公園で見つけた四つ葉のクローバーを栞にしたものだ。お母さんが、押し花にするとずっと持っていられると言って、一緒に作った。

ところどころ擦《こす》れて古くなっているけれど、今も肌身離さず大事に大事に持ち歩いている私の宝物。

「よう」

放課後の帰り道、バスの中にはオレンジ色の陽《ひ》が差している。日向くんの髪の毛がキラキラ輝いていてとてもきれい。

「お、疲れさま」

まだ普通に話すのは慣れないけれど、日向くんの隣にいるのはずいぶん慣れた……ような気がする。

「それって四つ葉？」

お母さんの思い出に浸って手にしていた栞を、日向くんが見つけた。

「うん……！　かわいいでしょ？」

「俺にはただの葉っぱにしか見えない」

「葉っぱって……！　四つ葉のクローバーってね、どんなお願いも叶えてくれるんだよ！　奇跡の葉っぱなの！」

「はは、そこ力説《りきせつ》されても。葉っぱだろ？」

「えー夢がないな、男子は」

日向くんは悪びれることもなく笑っていた。私の前でよく笑顔を見せてくれるようになったのは、仲良くなってる証拠なのかな。

だとしたら、うれしい。

「なんか願ったんだ？」

そう言われてギクッとする。

――『日向くんに会えますように』

会えない夜に、悶々《もんもん》とそんなお願いをしていると知られたら、怖がられるに決まってる。ストーカー扱いだよ。

「ヒミツ！」

「顔、赤いけど？」

「えっ!?」

慌てて顔を背ける。

「なんか変なこと願ってんじゃねーの？」

「そ、そんなことないよ」

「好きなヤツと両想いになれますように、とか？」

ドキン。

やだ、なんで意識しちゃうの。

日向くんの顔、まともに見られないよ。

「そんなんじゃないから……。ただ私は四つ葉のクローバーがすごく好きなの。それだけ」

必死に平静なフリをしてそう言えば、日向くんは「ふーん」と興味がなさそうに窓の外に目を向ける。

そうだよね。

私なんて日向くんの友達でもなんでもないし、ただバスの中で会うだけの面白い、変わった子っていう認識なんだと思う。

スマホの連絡先も知らないし、高校も別だし住んでる地域もちがう。私たちをつなぐのは唯一このバスの中だけ。

そもそも私が知ってる日向くんなんて、ほんの一部でしかない。

もっといろんな彼の顔を見たいと思うのは、どうしてかな。


連休が明けて五月も中旬に入ると、ポカポカ陽気が気持ちいい。

「はぁ、いい天気だね、苑ちゃん」

「だね〜！　ひまり、今日の帰りどっか寄ってかない？」

「え、部活は？」

苑ちゃんは今日は部活が休みらしく、久しぶりのフリーだと言ってうれしそう。私も苑ちゃんと帰りに寄り道できるのはうれしいので、迷わず誘いにのった。

でも、だけど今日は日向くんに会えないのかぁ……。

寄り道するとなると学校の最寄り駅の周辺になり、駅からバスに乗ると路線がちがうので、日向くんと会える可能性はずいぶん減ってしまう。

苑ちゃんとは地元が同じだけど、電車通学をしているのでなかなか一緒に帰る機会がない。だからもちろん、遊べるのはとてもうれしい。

日向くんに会えなくても、楽しいから我慢しよう……って、また私は日向くんのことを考えてる。

放課後、苑ちゃんと話題のカフェにやってきた。私はいちごミルクティー、苑ちゃんはヨーグルトジンジャーティーのはちみつ入りをそれぞれ注文。

人気のお店なだけあってとっても美味しい。

「苑ちゃん、こっちも飲んでみる?」

「ありがとう、じゃあこっちも飲んでいいよ」

「やったー」

お互いの飲み物をシェアしながら、きゃあきゃあ盛り上がる。学校やクラスのこと、最近の恋愛ドラマや漫画、好きなアイドルグループのこと。苑ちゃんと一緒にいると話題が尽きなくて、時間があっという間にすぎていく。

「高校生になって一カ月とちょっとかぁ」

「早いよね」

「ひまりは好きな人とかいないの？」

「えっ!? 好きな人？」

苑ちゃんの言葉に動揺を隠せない。

「いないよ、そんなの全然いない」

「えー、本当？　なんだかムキになってない？　あっやしー！」

「な、なってない！　なってないからっ！」

「あはは、そんなに必死に否定しなくても」

ケラケラと笑う苑ちゃんをじとっと見つめる。

「そんな目で見ないでよ、冗談だしー。じゃあさ、好きなタイプは？」

「好きなタイプ？」

「ひまりってどんな人がいいの？　こういう話、あんまりしたことなかったよね」

そういえば、今まで恋バナ自体あまりしたことがない。

「好きなタイプかぁ。うーん、そうだな。優しい人、かな」

「ほう、優しい人ね」

「見た目はクールなのに、さり気なく優しいというか。あと、あまり笑うイメージのない人が笑うとドキッとする」

「あ、それわかる！　ギャップ萌《も》えってやつだよね」

「バスの中で座席を譲ったり、困ってる人を助けたり……そういう優しさを持った人に惹かれるかなぁ」

「その言い方だと、ひまりに特定の人がいるっぽく聞こえるね」

「えっ？」

　そう言われてハッとした。

　思い浮かんだのが、日向くんだったからだ。

「だってほら、実際にひまりはバス通学だし？」

「そんなことないない！」

「でもさぁ、いいじゃん。もう高校生だし、私だって電車の中で他校生見てカッコいいなぁって思うことあるよ」

「苑ちゃんが？」

「そりゃあね、お年頃だし。クリスマスまでにお互い彼氏作って、ダブルデートができるといいね」

「ダブル、デート……！　なにそれ、すごい楽しそう！」

　私たちは顔を見合わせて笑った。

いつか本当にそんな未来が訪れるといいな。そしてそのとき隣にいるのは、日向くんがいい。

そんなふうに思った。

あのあとも苑ちゃんとすっかり話し込んでしまい、帰る頃には真っ暗になっていた。

最寄りの駅から家まで徒歩で二十分。途中近くのスーパーに寄って母親に頼まれた買い物をすることになった。

「よし、これで最後かな」

大した量じゃないけれど、慣れないスーパーの中はどこになにが売っているのかわからないから、少し時間がかかってしまった。

レジに並んでいると背後から肩をトンと叩かれ、振り返る。

「よう」

「日向くん!?」

そこには制服姿の日向くんがいた。

まさかこんなところで会うなんて。

「どうしてここに？」

「姉ちゃんのパシリ」

「お姉さんの？」

「ここにしか売ってないドーナツ買って来いって」

面倒くさそうに息を吐き出す日向くん。

へえ、お姉さんがいるんだ。しかも言うこと聞いて買いに来ちゃったりするようなキャラなんだ。

「あはは、パシリって」

「おい、なに笑ってんだよ」

だってそんなキャラだとは思わなかったんだ。クールで、どちらかというと家族を遠ざけていそうなイメージだったから。

「日向くんって優しいよね」

「え？」

「あ、いや、えと、変な意味はなくて」

私の言葉に、照れくさそうに頬をかく日向くん。

家での顔が垣間《かいま》見えて新鮮だった。

会計を終えて袋に詰めてる間、支払いを済ませた日向くんが私のそばに来た。

そして私の買い物袋をさっとつかむと、「行くぞ」と言って日向くんは歩き出した。

え？　なんで？　どういうこと？　慌ててあとを追いかける。

「日向くん、私が持つよ」

「いいよ、こんくらい。全然軽いから」

「でも」

「いいって。もう暗いし送ってく。コンビニのときみたいなヤツらに出くわしたら大変だろ？」

「え……？」

それって……。

まさか、中学生のときのことを言ってる……？

いや、でも、覚えてないはずだよね。

日向くんはなんだか意味深に笑っていて、もしかすると全部わかっているのかなって気にさせられる。

「ほら、行くぞ」

「あ、うん……！」

だけどそれ以上は聞けなくて、私は慌てて彼のあとを追いかけた。

ふたり並んで歩く夜道に会話はなくて、ただただ緊張しながら足を前へと動かす。

日向くんは無表情でなにを考えているのかわからない。

でも、やっぱり優しい人。

日向くんの隣にいると心がふんわり温かくなる。他の誰かじゃこんな気持ちにはならない。日向くんだけが私の特別。

こんな風にされると期待しちゃうよ。もしかしたら、私も日向くんにとって、特別な存在なんじゃないかって。

いや、ダメダメ。だって相手は少しのことでも噂が立っちゃうようなイケメン。そんな日向くんに相手にされていること自体が信じられない。きっとそんなんじゃないから自惚れるな、私。でも……。

そんな葛藤《かっとう》を繰り返していると、あっという間に自宅マンションに到着した。

「うち、ここなんだ。送ってくれてありがとう」

そう言いながらスーパーの袋を受け取るために手を伸ばす。

「じゃあ、またな！」

「ありがとう……バイバイ」

片手を上げて走り去る日向くんに慌てて手を振り返した。

＊＊＊

朝の騒がしい教室で、机に伏せて寝たフリをしているとふと肩を叩かれた。

「晴《はる》、おはよう」

「…………」

せっかく人がいい気分で寝ていたってのに、いつも邪魔しやがって。顔を上げて恨めしい視線を向けても、目の前のクラスメイト、歩《あゆむ》はニッコリ笑っているだけ。

「おいおい、そんなに睨むなよ」

「べつに睨んでねーよ」

「ま、元から睨んでるような顔だもんな」

「…………」

はっきり言いすぎにもほどがあるだろ。

髪をかき上げながら笑う歩は、中学時代からの同級生でもあり一番の親友でもある。

成績優秀なのに、なぜかランクの低いこの高校にやって来た変わり者。

黒髪とオシャレ眼鏡のせいで優等生っぽく見えるけど、はっきりズバズバものを言うし、遠慮《えんりょ》って言葉が欠落しているようなヤツだ。

「怒るなよ、冗談だろ」

「ふんっ」

「かわいいなぁ、晴は」

「はぁ？」

かわいい？

「いちいちムキになってそっぽ向くとこが、子どもみたいでかわいい」

歩を、さわやか王子なんて呼ぶ女子もいるけど、どう見ても腹黒《はらくろ》猫かぶり男にしか見えない。それも俺の前でだけというのが厄介《やっかい》だ。

「それより最近はどうなんだよ？」

素早く自分の席にカバンを置くと、空いていた俺の前の席に座って問いかけてくる。

「最近って？」

「なんか隠してるだろ、晴」

鋭い突っ込みをしてくる歩にギクッとした。こいつは昔からカンが鋭いというか、観察眼に長《た》けていて、俺の下手なウソはすぐに見抜かれる。

「な、なんも隠してねーよ」

普通にしようと思えば思うほど、疑われているとわかってボロが出る。

「いーや、怪しいな。おまえはなんかあるとすぐに目をそらすクセがあるんだよ」

なんだ、こいつ、マジで。

「なんだよ？　なに隠してるんだ？」

「だから隠してねーって！」

「バスかなんかで、かわいい子でもいるんだろ？」

「えっ……」

「中学んときは遅刻魔だったおまえが毎朝ちゃんと来てるし、帰りも猛ダッシュで帰ってく。合コンに誘ってもノッてこないし、これはもう通学路でなんかあるとしか思えないよ」

どんだけ鋭いんだよ。探偵か。

「素直に吐いたほうが身のためだぞ」

「う、うっせーな！　そんなんじゃないって言ってるだろ！」

いくら否定してみせても歩はからかうように笑うだけで、確信を得ているような顔を崩さない。

「ほら、チャイム鳴るから席に戻れよ」

話を終わらせたくて、しっしっと追い払う。

「俺、今日部活休みだし、たまにはバスで帰ろっかな」

意味深にクスッと笑うと、歩は席に戻って行った。

帰りのバス内はほどよく空席もあり、朝とはちがって余裕で座れるレベル。これがもう少しあとになると、帰宅ラッシュと重なるためそうはいかない。

だからなるべく、夕方の早い時間帯のバスで帰るのが常だ。

今日はいつもの定位置ではなく、歩と並んで一番うしろの座席に座っている。

俺はスマホをいじるフリをしながら、内心ではそわそわして、桃咲の乗る停留所に着くのを待った。

バスが到着し、後部扉から桃咲が乗ってくる。目が合うと、彼女は口元をわずかにゆるめた。

「あの子？」

歩が隣で笑ったのが気配でわかった。

「期待以上にかわいいね」

「………………」

声を弾ませる歩にモヤッとした。

「日向くん、お疲れさま」

「うん……お疲れ」

会話をする俺たちを見て、歩が「え？」と驚いたような声を出す。

桃咲はそんな歩に小さくペコッとお辞儀した。そして少し迷った素振りを見せ、俺たちから離れた席に座ろうとする。それを歩が引き止め、俺の隣に座るように桃咲に声をかけた。

戸惑いながらも桃咲が俺の隣に座ると、歩はさっそく身を乗り出す。

「ふたりは知り合いなの？」

「あ、はい。って言っても、ついこの間話すようになったところなんですけど」

自然な流れで自己紹介をするふたり。

「ひまりちゃんっていう名前なんだ」

「はい」

「っていうか、タメなんだから敬語はやめようよ」

「あ、はい……じゃなくて、うん！」

「ひまりちゃんの学校って進学校だよね。一日中勉強ばっかしてるイメージだな」

「ううん。もうすぐ学校祭だから、みんな準備にすごく張り切ってて。そんなにずっと勉強ばっかりしてるわけじゃないよ」

「へえ、そっか。学校祭って、ひまりちゃんはなにやるの？」

「うちのクラスは、コスプレカフェ」

「すげえ、なにそれ？」

……歩のヤツ、なんだか俺より仲良くなってねーか？

ひまりちゃんって……初対面なのに馴《な》れ馴れしすぎる。

桃咲も俺と話すときより笑ってるし。

誰とでもすぐに仲良くなれるのが歩のいいところ。初対面の相手にもガンガン話しかけて懐《ふところ》に入り込み、打ち解けるのも早い。歩の笑顔には人の心を惹きつける力がある。

　なんだか面白くない。こんな気持ちは初めてだ。

　それにコスプレカフェって……。桃咲がどんな恰好《かっこう》をするのか、気になる。

「なにムスッとしてんだよ」

「べつに……」

「晴、ウソつくの下手すぎ」

　耳元で小さく噴き出されイラッとした。

　すべて見透かされているような気がするのも、また気に食わない。

　桃咲が降りたあと、歩はニヤニヤしながら俺を見て言った。

「へぇ、晴が他校の女子をねぇ。へーえ」

「なんだよ？　いいだろ、べつに」

「ただビックリしてさ。マジで意外だったから」

　確信を得たような顔で笑っているこいつが憎たらしい。

「バカにしてるだろ？」

「いやいや、俺はうれしいんだよ。強引な姉ちゃんに振り回されてるおまえは、いつも冷めた目で女子を見てたからな」

　家では横暴な姉にパシリとして使われ、外に出ればよく知らない女子たちに勝手に騒がれ、告白を断るとひどいだの冷たいだの散々言われる。

女って面倒だし、すぐ怒るし、ちょっと言ったら泣くし。今まで彼女がほしいと思ったこともなければ、好きになった女もいなかった。

「ひまりちゃんは晴にとって特別な子なんだろ?」

「なんだよ、特別って」

「すっげー優しかったよ、ひまりちゃんを見る晴の目は」

「そんなわけ……ないだろ」

桃咲が特別だなんてそんなわけがない。でも、強くそう言い返せなかった。

＊＊＊

週末。バスに乗って、たくさんの人でにぎわうショッピングモールへ向かった。もうすぐ苑ちゃんの誕生日だからプレゼントを買いにきたんだけど、どんな物がいいかなぁ。

雑貨屋さんに入って流し見しているけど、どれもピンとこなくて、一時間くらい探し回っている。

まだ見つかっていないけど、歩きすぎて疲れたからちょっと休憩しよう。

フードコートに行き、人気のアイスクリーム屋さんの列に並んだ。

今日はなににしようかな。ショーケースの中を覗きながらアイスを選ぶ。ブルーベリーも美味しそうだし、マスカルポーネチーズも食べたい。

「これこれー！　ここのアイス、食べてみたかったの」

ふと後ろで声がした。

「ねぇねぇ、どれにする？」

「べつに、なんでもいいんじゃね？」

聞き覚えのある声にふと顔を上げ、振り返る。

えっ……？

日向、くん……？

ふたりは後ろではなく、私のあとに何人か挟んで列に並んでいた。

「なんでもって、晴臣は相変わらず適当なんだからー」

「いいだろ」

ぶっきらぼうな日向くんの声にバクバクと心臓が激しく鳴る。

「見て、後ろのカップル。美男美女すぎてやばい」

「わ、ホントだ。お似合いだね」

私の前に並んでいた女の子たちが、後ろをチラチラ振り返っている。

『日向くんには年上の美人な彼女がいる』

いつしか噂されていたのを思い出して、胸がギュッと締めつけられた。

信じたくなかったけど、あの噂は本当だったんだ……。

アイスを食べる気分ではなくなり、列から抜けるとふたりがいる方向とは逆に足が動いていた。

心臓が、胸が、ものすごく痛い。もしかしたら日向くんも私を特別視してくれているかもなんて、そんな風に自惚《うぬぼ》れていた自分が嫌になって、涙がじんわり浮かんだ。

勝てっこない、あんなきれいな人に。

それになによりも、ふたりはすごくお似合いだった。私なんかとは比べものにならないくらい絵になっていた。

うつむきながらショッピングモールを出て、ちょうどやって来たバスに飛び乗った。

家に帰ってなにをしていてもふたりの姿が頭から離れず、週末は暗い気分のまま過ごした。


月曜日、どんな顔で日向くんに会えばいいのかわからなくて、かなり早い時間のバスに乗って登校した。いつもみたいに、うまく笑える自信がない。

「おはよー、桃咲」

「あ、福島。学校来るの早いんだね」

教室に着くと福島が挨拶してくれて、私は笑顔を貼りつけた。

「なんかあった？」

「え？」

「顔にそう書いてある」

「なにもないよ」

笑ってごまかす。だってこんな話を福島にできるわけがない。ううん、誰にも言えないよ。自分でもこのモヤモヤの正体がわからないのに。

「桃咲って、中学のときはもっとお気楽な感じで悩みなんてなさそうだったけど、今日はかなり沈んでるっていうか、今にも闇落ちしそうな顔してる」

「え〜！　お気楽って……！」

闇に落ちていきそうっていうのは、当たってるけどさ。たとえがストレートすぎる。

「福島って、優しいけどたまに毒《どく》を吐くよね」

「俺の独断と偏見《へんけん》で、気を許しているヤツにはズバっと言うようにしてるんだ」

にっこり笑いながら返された。

「どうして私がその中に入ってるのかな」

「はは、さぁね」

「さぁねって……」

答える気ないな。

「ま、本気で悩んでるなら遠慮なく頼れってことだよ。桃咲に暗い顔は似合わないしさ」

もしかすると、福島なりに心配してくれているのかもしれない。

「ありがとう……」

そう返すと福島は人差し指で頬をかきながら、今度はぎこちなく笑った。

「おう」

そう言って背中を向ける前の彼の顔が、ほんのり赤く染まっているように見えた。

心配させちゃって申し訳なかったな。

早く立ち直らなきゃ。そう思うのに、やっぱり考えるのは、日向くんのことばかりだった。

昨日は行き帰りともに電車通学、今朝はいつもより早いバスに乗って学校へとやって来た。想像以上にショックが大きかったみたいで、あのアイスクリーム屋さんでの光景を思い出すと、涙が浮かんでくる始末なのだ。

自分でも気がつかないうちに私は日向くんのことを好きになってしまっていた。

この気持ちの正体は、きっと恋なんだろう。

重い心を引きずりながらの一日はあっという間にすぎて、放課後は学校祭の話し合いに自ら参加し、それも終わると今度は教室で自習をして時間をやりすごす。

日向くんに会うかもしれない時間帯を避けて、最終下校に近い時間に学校を出てバスに乗った。

それなのに……。

「桃咲！」

ドクン。名前を呼ばれただけで、心が反応する。声を聞いただけで、それが誰なのかはすぐにわかった。

ふと視線を下げた先には、見覚えのありすぎるスニーカー。

「久しぶりだな」

どうしよう……顔が見られないよ。

だけど心とは裏腹に胸が弾んでいる私がいる。バスでまた会えてうれしいなんて、ツラいはずなのにどうしてそんな風に思っちゃうの？

「桃咲？」

なかなか顔を上げない私を不審に思ったのか、日向くんは半歩私に近づき、顔を覗き込んできた。

動揺しつつも気づかれまいと、とっさに口角を持ち上げた。

「あ、えっと。本当に久しぶりだね」

「この頃バスで見かけなかったけど、どうかしたのか？」

「え……いや、あの」

まさか日向くんを避けてたなんて言えるわけがない。

「風邪でも引いたのかって、ちょっと心配してた」

「ちがうよ、全然元気だから、大丈夫」

「ならいいんだけど、ちょっと不安だった」

「え？」

「……避けられてたら、どうしようって」

「………………」

言いにくそうにつぶやくと、日向くんは軽く目を伏せた。

期待しちゃダメなのに、胸が高鳴り始める。

避けてないよ、そう言いたい。でも勇気がなくて、言えなかった。

日向くんはそれ以上なにも聞いてこなかったけど、黙り込んだ私を見てなにかを察したらしい。気まずい空気のままふたりバスに揺られて、私が降りる停留所まではもうすぐだ。

「……明日は会える？」

日向くんがポツリとつぶやいた。

やけに真剣な声。まるで今朝まで私がバスに乗っていなかったのが、寂しかったとでも言いたげな表情。

ううん、そんなわけけない。私のカン違いだ。

だって日向くんには、年上の美人な彼女がいるんだから……。

胸が押しつぶされそうになって拳《こぶし》をギュッと握りしめる。

「あ、明日も早いバスかな」

本当は会いたい。でもこれ以上会うと、自分の気持ちに歯止めがきかなくなりそうで怖い。ダメなのに期待してしまう私がいる。

「ごめんね、そういうことだから」

顔を背けようとすると、さりげなく腕をつかまれた。

「俺は会いたいんだけど」

え……？

つかまれたところが、じんじん熱い。鼓動がどんどん速くなって顔が熱を帯び始める。

カン違いしちゃダメ。

そんな意味で言ったんじゃないんだから。

友達として、きっとそういう意味。

だからお願い。静まれ鼓動。

次の日、悩みに悩んで一本早いバスに乗った。やっぱり日向くんに会う勇気はない。

バスに乗った瞬間、いつもの場所に立つ人物に激しく動揺した。

ドキン。

な、なんで？

「よう」

どうして日向くんがいるの？

眠たそうに目をトロンとさせて寝癖《ねぐせ》がついた髪を触っている。見上げた横顔は、どことなくバツが悪そう。

「お、おはよう」

混雑しているので会話はあまりできない。でも私は隣に立つ日向くんから目が離せなかった。

並んで立っているだけでドキドキして落ち着かない。

──『俺は会いたいんだけど』

昨日の表情や言動を思い出して、全身がカッと熱くなった。

キキィ。

バスがカーブを曲がる瞬間、前に立っていた人に押され、手すりから手が離れてしまった。

「きゃ」

身体が大きく揺さぶられ小さく悲鳴を上げる。するとその瞬間、腰に腕が回されたかと思うと、私の身体を日向くんが力強く支えてくれる。

「ご、ごめんねっ」

恥ずかしくてとっさに離れようとしたけれど、足元が揺れてうまく立っていられない。

密着しすぎていて日向くんの顔がすぐそばにあった。

「俺につかまってろよ」

「だ、大丈夫だから……！」

だってね、これ以上密着してたらおかしくなりそう。

今日だって彼女の顔がちらついて胸が苦しくて……会いたくなかった。それなのに会うとときめいてるなんてすごく矛盾《むじゅん》してる。

「桃咲」

わざとなのか耳元で艶《つや》っぽい声を出す日向くんは意地悪だ。

「無理せずつかまってろって」

ガッチリと腰をホールドしたまま離してくれない。私の顔は誰がどう見てもわかるほどに真っ赤で、そばに立つ日向くんが小さく笑った。

素直に日向くんの言葉に従うより他はなく、うつむきながら時間がすぎるのを待った。周囲からぐさぐさ刺さる無数の視線は、きっと女子からのものだ。

「日向くんの彼女？」

「嫌だ、ウソでしょ⁉」

ものすごく誤解されている。でも、日向くんには美人で大人っぽい彼女がちゃんといるんだから。私なんて足元にも及ばないよ。

一人でも立っていられそうになったので、私は日向くんから離れた。

まだ心臓がバクバクしてる。密着したときの感覚がなかなか消えてくれない。早く忘れなきゃいけないのに、どんどん熱を含んで、感覚が大きくなっているような気さえする。

早く着いて、早く。そう願いながらバスに揺られた。

「じゃ、じゃあね、バイバイ」

もう会わないほうがいい。

会ったらもっと好きになる。きっと取り返しがつかなくなる。

「またな」

だから私はそう言われてもなにも返せなかった。


帰りのバスも遅い時間にした。

「あれ、桃咲、今帰り？」

バス停で待っていると福島が来て、隣に並んだ。

「珍しいね、福島がバスなんて」

普段は電車通学の福島だけど、今日はちがうらしい。理由を尋ねると、地元の友達と会う約束があると言う。

「そういえば桃咲、学校祭でアイドルのコスプレするんだよな？」

「あはは、そうだよ。絶対似合わないよね。恥ずかしいな」

「子どもががんばってセーラー服着てます、みたいな図になりそう」

「ちょっと。いくらなんでも失礼だよ」

他愛のない会話をしながら待っているとバスがやって来た。会いませんように……乗っていませんように。

意を決してバスに乗り込む。

そして自然と目が向くのは日向くんのいつもの定位置。

ドキッ。

なんで会っちゃうかな。

「後ろのほう空いてるぞ」

「あ、うん……」

「お、あそこにいんの噂の日向じゃん。マジでカッコいいな」

福島の声に反応することができない。強い視線に顔を上げると、驚き顔の日向くんと目が合った。まるで時が止まったかのように動けない。

なにか言いたげな日向くんだったけど、声をかけてくることもなく、しばらくするとプイと顔をそらされた。

「桃咲。ここ座ろうぜ」

福島の隣に並んで座る。

地元の停留所に着くまでの三十分間、福島とどんな話をしたのか、ほとんど記憶にない。

斜め前に座る日向くんはこちらを振り返ることもなく、ずっと窓の外を眺めていた。

第二章　きみに恋した

「ただいま」

「おかえり、ひまちゃん」

家に帰ると母親が慌ただしくしていた。そんな母親に向かって笑みを貼りつける。

「ごめんね、晶が熱出しちゃって今から病院に行くの」

「え、あきくん大丈夫？」

「微熱だから大したことはないと思うんだけど、念のためにね。ごめんね」

「ううん、行ってらっしゃい」

母親に手を引かれて家を出るあきくんを見送った。しばらくするとお父さんから連絡がきて、このままふたりのところに行って一緒に帰ってくるらしい。

ひとりぼっちでちょっと寂しい。でも、こんなのは慣れっこだ。

中学一年生のときにお父さんが再婚するまで、昼間はずっとひとりだったから。

あきくん、大丈夫かな……。

そんなことをぼんやり考えながらリビングのソファで横になっていると、いつの間にか眠ってしまった。

目が覚めると辺りは真っ暗。お腹が空いて冷蔵庫の中身をチェックしてみたけど、すぐに食べられるような物は入っていない。

仕方ない、母親の帰りを待つか。でも何時になるかわからないしなぁ。自分でなにか作ってもいいけど、気力そのものがないというか、なにかをしようという気にならない。

ソファに戻るとスマホが鳴っていて、画面には【お父さん】と出ていた。

「もしもし」

『ひまり、家か？』

「うん、ずっと寝てた。あきくんはどう？」

『晶なら大したことはなかったよ』

「そう、よかった」

後ろであきくんのはしゃぐ声が聞こえてきて、私はホッと胸を撫で下ろした。

『お腹が空いたとうるさいから、三人で食べて帰るよ。ひまりは適当にしてくれ』

「うん、わかった！」

手短に話して電話を切ると、訪れた静寂《せいじゃく》がとてつもなく気分を暗くさせた。

ダメダメ、沈んでちゃ。スックと立ち上がり、気分転換も兼ねて近所のスーパーに行くことにした。

父と母親はお互いが連れ子同士の再婚で、当時私は中学一年生だった。

五歳のときにお母さんが亡くなってから、忙しいお父さんとふたり、決して親子仲は悪くなかったと思う。ずっとふたりで生きていくんだと思っていたし、私はそのことになんの不満もなかった。だけどお父さんは違ったようだ。

新しい家族とは表面上ではうまくやっている。でもなぜか、受け入れられない。本当のお母さんの残像《ざんぞう》が私の中に根強くあるからなのかな。その証拠に母親を「お母さん」と呼んだことは一度もない。

「はぁ」

スーパーの惣菜《そうざい》売り場で食べたいものを選んでいる最中、思わずため息をついた。

「桃咲？」

名前を呼ばれてビックリした。だって二度目はないと思っていたから。ありえないよ、本当に。どんな偶然なの。

スーパーでバッタリまた出くわすなんて。

「ぐ、偶然だね」

「まぁ、な」

なぜだか気まずい空気が流れている。私はどんな顔をすればいいかわからなくて、とっさに目をそらした。

「またお姉さんにドーナツ頼まれたの？」

「いや、今日は一緒に来てる」

え？

「晴ー、あんた早く選びなさいよ。さっさとしないと置いて帰るけど」

前から歩いてきたのは、この前ショッピングモールで見た〝彼女〟だった。

一緒にって……まさか。

「あら？　あらあらあら？　誰なのかなぁ？　この子は」

「うっせーな、関係ないだろ」

〝彼女〟は日向くんの肩を抱きながら、からかうように笑った。

「どうも、看護学生やってる姉の実乃梨《みのり》です」

「えっ？」

お、お姉さん……？

美人な彼女さんは、お姉さんだったんだ……？

カン違いだったなんて。私は固まったまま動けなかった。

「姉ちゃんがいきなり入ってくるからビックリしてるだろ」

「あたしが悪いって言いたいの？　生意気ね、あんたは」

「そっちは横暴すぎるけどな」

「はぁ？　あんたって子は」

どうしよう、うれしい。

ふたりのやり取りを見守りながら、思わず頬がゆるむ。私ってとてつもなく単純だな。たったこれだけのことで、ウソみたいに気分が晴れやかになるなんて。

「は、初めまして、桃咲ひまりですっ！　よろしくお願いします！」

「はは、元気すぎ」

緊張して声が震えた。しかも勢いよくお辞儀しすぎてふたりに笑われてしまった。

「ひまりちゃんね。かわいいじゃないの。うん、あたしは気に入ったよ。晴、がんばりなさい。じゃあね」

「おい、どこ行くんだよ？」

「彼氏がすぐそこまで迎えにきてるの。ひまりちゃん、晴臣は無愛想で無口なヤツだけど、いい男だってことは保証するよ」

実乃梨さんは私の肩をポンと叩いてからかわいく笑うと、スーパーの出口へと歩いて行った。

「マジでごめん！　あいつが変なこと言って」

「ううん！　全然だよっ！　カッコよくて美人でいいお姉さんだね」

「いや、かなり横暴で強引だぞ」

「あはは、でも仲良さそうだったよ」

私が笑うと、日向くんはホッと息を吐いた。そしてだんだんしかめっ面になる。

そんな様子がなんだかかわいく見えた。お姉さんの前ではちゃんと年下の男の子なんだ。また新たな一面を知れて、すごくすごくうれしいなんて。

日向くんのこと、どんどん好きになってる。

そうだと認めた途端、恥ずかしくてたまらなくなった。

「えっと、あの……、じゃあ私はこれで」

「送るよ」

「いやいや、大丈夫だよ」

首を振って断る。とてもじゃないけれど、今ふたりっきりになるのは避けたい。

だってどんな顔をすればいいのかわからないから。

「あいつと来てる、とか？」

「え……？」

なぜだか鋭くなった日向くんの顔つき。ぴりっとした空気をまとって、緊張感に押しつぶされそうになる。

あいつ……？

「帰りのバスの中で、やけに親しげだったから」

帰り……？

もしかして福島のこと……？

「あいつと来てんの？」

「ちがうよ、ひとりだけど」

「ふーん……」

やけに不機嫌そうなトゲのある声だった。私のカン違いかもしれないけど、日向くんは、なんだかスネているように見える。

「すっげー楽しそうだったじゃん」

ムッと唇を尖《とが》らせる日向くん。

福島はただの友達だって、きちんと答えるべきなんだろうけれど……ダメだ。

「ふ」

「おい、なに笑ってんだよ」

「ご、ごめんね。なんだか日向くんが子どもみたいで。あはは」

「………」

無言で頭をグリグリ小突《こづ》かれた。

「バーカ……」

耳元で小さく囁かれた声に、ありえないほど鼓動が早まる。

「もういいだろ、笑うな。行くぞ」

「あ……うん」

結局送ってもらう流れになった。きちんと説明したほうがよかったかな。でももうなにも言える雰囲気じゃなくなった。

福島とはなにもないよ、なんてそんなの自惚れもいいところじゃない？

日向くんが嫉妬《しっと》してるんじゃないかって、単純な私は、そんなウソみたいなこと
ばっかり考えてる。

だけどそうだったらいいなって、本心はそう。

ねぇ、日向くん……。

「桃咲のスマホの連絡先教えて」

「え……？」

「ダメ？　俺は知りたいんだけど」

私バカだから、そんなこと言われたら期待しちゃうよ。

「いい、よ」

ドキドキしながら連絡先を交換した。その間、日向くんはだんまりだったけど、し
ばらくすると口を開いた。

「俺、自分から女に連絡先聞いたの初めて」

私が日向くんの特別だって、そう思ってもいい？

カン違いだといけないので口にはしなかったけれど、そうだったらいいなって、強
く心の中で思った。

「じゃあな──」

「待って！」

走り去ろうとする日向くんの腕をつかんだ。彼の身体がピクッと反応したかと思うと、上から熱のこもった視線が降ってくる。

「福島は、ただのクラスメイトだよ」

「……………」

「それと、明日はいつもと同じバスに乗るね」

日向くんが息を呑んだのがわかった。

「わ、私も、日向くんに会いたいの。だから、いつものバスで待っててね」

「……………」

「こんなこと言うの日向くんが初めてだよ」

恥じらいや照れを隠して言った。でも顔は真っ赤だ。

辺りが暗くてよかった。

昨日とは打って変わって晴れやかな気分でバスに乗ると、バスの後方に日向くんが立っていた。ちょっと照れたような表情で頬をかきながら、それでもぎこちなく笑ってくれる。そんな日向くんの笑顔が好き。

「おはよう」

「はよ」

昨日の今日ですごく照れくさい。雰囲気に任せて相当恥ずかしいセリフを言ったし、きっと私の気持ちは、日向くんに伝わっているよね。

日向くんは私をどう思ってる……？

聞けるわけない、そんなこと。

混雑したバス内では距離が近くて緊張した。そばにいると日向くんの腕の感触を思い出して胸が熱くなる。

自分でもよくわからないけど、日向くんのことがすごく好き。

私は初めて本気で誰かを好きになった。

恋をすると、その人のことしか考えられなくなるんだ。離れている時間がとてつもなく長く感じる。せめて同じ学校だったらよかったのに、なんて。

家にいても学校でも日向くんの顔が浮かんではドキドキしてる。そんな私はどうかしちゃったのかもしれない。

六月はジメッとした湿気が多くて嫌になる。でも私は浮かれていた。

「ひまり、ニヤニヤしてどうしたの？」

「な、なんでもないよ」

スマホの画面をタップしてホームへと戻る。実はさっき、日向くんからメッセージが届いたんだ。

【今日の放課後、クレープ食いに行かない？】

まさかと思って画面を何度も凝視《ぎょうし》した。これってデートのお誘いだよね？

もちろん返事はオッケー。放課後が待ち遠しくてそわそわしてしまう。

「絶対なんかあるでしょ？」

「やだなぁ、なにもないってば」

えへへと笑ってごまかす。苑ちゃんはそんな私に怪訝な目を向けてきたけれど、最後には笑ってくれた。

「ま、ひまりが幸せなら私はそれでいいんだけどね。身体は大丈夫？」

「もう大丈夫だよ、そろそろ四年経つしね。すごく元気！」

「本当に？」

心配そうに眉を下げる苑ちゃんの目はとても真剣だった。言われなくても、なにを言いたいのかがわかる。

「ホントホント！　相変わらず心配性だね」

心配させまいと明るく笑い飛ばす。

「でも……ありがとう」

「なに言ってるの、親友なんだから当たり前でしょ。私はいつだってひまりの幸せを願ってるんだからね」

「へへ、ありがとう」

優しい苑ちゃんが大好き。日向くんのことは、まだ恥ずかしくて言えないけれど、いつか絶対に話すから、それまで待っててくれるかな。

「ひまりは笑ってごまかすところがあるよね。なにかあったら絶対私に相談してね」

「うん、どうにもならないときは頼らせてもらうね」

私は笑顔で苑ちゃんにそう返した。

「よう」

「お、お疲れさま」

放課後、バスで日向くんに会った。会う前はいつも緊張するけど、今日は特別カチコチだ。

「なんでそっちに座るんだよ？」

いつもの私の指定席。日向くんと通路を挟んだふたり掛けの席に落ち着こうとしたら、ふてくされたようにそう言われた。

「俺の隣、空いてるけど……？」

えーっと、これは……。

隣に座れって言ってる？

ゆっくり隣に座ると、日向くんは満足そうに微笑んだ。その横顔に胸が熱くなる。

触れそうで触れない、微妙な距離感も妙に照れくさい。

ただじっとしてスカートの上で拳を握りしめていた。

心臓の音、聞こえてないよね……？

そして、ひしひしと突き刺さる女の子たちからの視線。気まずくて顔を上げることができないでいると、隣から優しい声がして目だけをそちらに向ける。

「今日、予定とかマジで大丈夫だった？」

日向くんのほんのり赤い頬。

「あ、うん。私、甘い物大好きだから、誘ってもらえてうれしかったよ」

なんて、本当は日向くんと放課後出かけられるのが楽しみすぎて、今日の授業は手につかなかった。

それを日向くんが知ったら、どう思うかな。

日向くんも同じ気持ちでいてくれたら嬉しいな。

ショッピングモールの最寄りの停留所で途中下車し、日向くんと歩く。そしてフードコートに着くと早速クレープ屋さんの列に並んだ。

「なににすんの？」

「えーっと……うーん」

どうしよう。

キャラメルりんごタルトチョコレートも美味しそうだし、トリプルチーズケーキ生クリームムースも気になる。

「どれとどれで悩んでんの？」

サンプルケースの中を見ていると、すぐ隣に日向くんの顔があって驚いた。

「えっと……これとこれ」

うなずくと、日向くんは店員さんに言った。

「二十四番と二十八番でお願いします」

そうして会計をする日向くん。

「俺もちょうどそのふたつで迷ってたから、シェアして食おうぜ」

ウソ、だって日向くんは全然ちがうクレープを見てたのに。きっとそう言ってくれたのは日向くんの優しさなんだ。

いいのかな？　甘えちゃっても。私の好みに合わせて食べたいものを我慢してない？　そんな思いとは裏腹に、優しい日向くんに胸がじんとする。

「ありがとう、日向くん」

「いいよ、俺が食いたかったんだから」

「あはは、うん」

今日だけで、もうどんどん好きになってる。

好きな方を選んでと言われ、キャラメルりんごのクレープを受け取ったあと、席に座ってお金を渡そうとすると断られてしまった。

「いいよ、俺が誘ったし。マジでいらない」

「…………」

本当にいいのかな……。でもあまりしつこく払おうとするのも、よくないよね？

「ありがと。今度は私がなにか奢《おご》るね」

「期待してる」

「じゃあ、いただきます」

いつもよりもそっと控えめにクレープを口に運ぶ。日向くんが目の前にいることがなんだかすごく新鮮で、そわそわして落ち着かない。

「うーん、美味しい！」

りんごの酸味と甘味が絶妙にマッチしていて、いくらでも食べられそう。幸せな気持ちになって自然と頬がゆるんでしまう。

「ガキだな」

「うっ、だって美味しいんだもん。日向くんも食べてみて」

ひとくちかじったクレープを差し出すときになって、ようやく初めて気がついた。

これって間接キス……だよね。わー、どうしよう！　そこまで考えてなかった。

急に恥ずかしくなり顔に熱が集まる。だけど今さら手を引っ込めることもできなくて、あたふたしてしまう。すると、クレープを持っていないほうの手で日向くんが私に手を伸ばし、さらには身体ごと前のめりに近づいてきた。

フワッと重なる大きな手のひら。緊張してクレープを落としそうになったけれど、日向くんの力強い指先が支えてくれた。そして口元へ引き寄せて、私がかじったすぐ横の部分をかじって食べた。

ドキン。

艶やかな唇とすぐに触れそうな位置にいる日向くんに、大きく鼓動が跳ねて全身に熱が広がった。

「あ、マジでうまい」

私の気持ちなんて露《つゆ》知らず、のんきに言って唇を舌で舐《な》める仕草にドキドキが止まらない。

「こっちも食ってみる？」

「いい、いい！　いらない！」

「いいから、ほら」

「ま、まだ日向くんが食べてないじゃん。先に食べていいよ」

真っ赤になっているのはきっとバレバレで、その証拠に日向くんは今にも笑い出しそうなほどにやけている。

「いいよ、桃咲が先に食って」

私に向かって手を伸ばし、口元にクレープを近づけてくる。このまま食べろと言わんばかりに。

無理、絶対に無理。今でさえいっぱいいっぱいなのに、日向くんに見られながら、あーんさせてもらうなんて、恥ずかしすぎる。

「はは、ガチで固まんなって」

クスクス笑われ、私はますます恥ずかしくなった。

「桃咲と一緒にいると飽きないよな」

「い、意地悪……」

「カン違いすんなよ、反応がかわいいって意味だからな」

反応が、かわいい……？

かわいい……。

『かわいい』なんて男の子から言われたことないのに、好きな人に言ってもらえるなんて。

そんな日が来るなんて夢みたいだよ。

一緒にいたら暑くなり、ブレザーを脱いでカッターシャツの袖を上げた。

「あれ、ここアザみたいなのあるけど、どうかした？」

自分では見えない肘の裏を指差しながら、日向くんが言う。

「え、あ、ほんとだ。ぶつけたのかな」

5センチほどの紫色のアザがあった。

「すげー痛そう」

しかめっ面をする日向くん。

「大丈夫、見た目ほどそうでもないから」

「気をつけろよな」

「ありがとう」

クレープを食べ終わると、フードコートを出てブラブラ歩こうということになった。

ふたりで他愛もない話をするのは楽しい。

「姉ちゃんや母親はかなり強気なタイプだからな。俺、立場弱くていつもコキ使われてばっか」

「そういえば、そうだったね」

うんざりしたような表情を浮かべる日向くんだけど、家族を想う優しさが見て取れる。

だって本当に嫌ならお姉さんに付き合って買い物に行ったり、お使いを頼まれても行かないよね。

「桃咲は？　兄弟いるの？」

「うち？　うちは弟が一人いるよ。……普通の四人家族かな」

「俺も男兄弟がほしかった」

「私もお姉ちゃんがほしかったな」

ふとアクセサリーショップの前で、日向くんが足を止める。

そしてまじまじと一点を見つめた。

「どうしたの？」

「四つ葉のクローバー」

「え？」

日向くんの視線の先を追うと、四つ葉のクローバーを形取ったヘアピンが目に入った。

「かわいい……！」

思わずそう言うと、日向くんがこちらを向いて笑った。

「桃咲っぽいよな、これ」

「そうかな？」

「うん、っぽい」

千円かぁ……。

今月はピンチだから買えないけど、そこまで言われたからには来月絶対にゲットする。

次に来るときまでどうか、売れませんように……。

二日後、珍しくバスに日向くんと歩くんが乗っていた。

「ひまりちゃん、久しぶりだね」

「うん、久しぶり」

人懐っこい歩くんとはすぐに打ち解けた。スッと心に入り込んでくるような優しい笑顔が、警戒心を失《な》くさせるんだと思う。それに日向くんの友達だから、きっといい人に違いない。

「聞いてよ、こいつね、最近めちゃくちゃ浮かれてんの」

「え？　日向くんが？」

「そう！」

歩くんはなぜかニンマリ笑って、なにかを企んでいそうな顔だ。

「学校でも頬がゆるみっぱなしだし、特に放課後が近づいてくると、そわそわしちゃってさ」

「おい、変なこと言ってんじゃねーよ！」

「なんだよ、ホントのことだろ？　ところでさ、ひまりちゃんは彼氏とかいんの？」

「え？　い、いないよ、彼氏なんて」

「そっかそっか。じゃあ好きなヤツは？」

「好きな、ヤツ？」

ドキッ。

急に隣に座る日向くんを意識してしまい、徐々に顔が熱くなった。

「あはは、わかりやすっ」

「……っ」

なにも言い返せずにいると、強引にそうだと決めつけられてしまった。

しかもなぜか日向くんの顔を見て意味深に笑っているし、気づかれているのかもしれない。歩くんは頭がキレるタイプというか、天才肌っぽい感じがする。

「こいつもね、本気の恋してるんだよー」

「てめーマジで黙れって」

日向くんが歩くんの口を塞いだ。なんとなく焦っているように見える日向くんの横顔。

本気の、恋……？

「桃咲には関係ないから」

日向くんは冷たくそう言い放ち、プイとそっぽを向いた。

ズキン。胸がズキズキヒリヒリして、痛みはどんどん広がっていく。

誰か他に好きな人がいるってことだよね……？

どんな子なんだろう……。

私には関係ない……。

そうだよね。日向くんと私は不釣り合いだし、私なんかに本音を言ってくれるはずがない。ちょっと仲良くなったくらいで、なにを期待していたんだろう……。そう考えたら気分が沈んで、持ち上げた口角がだんだんと下がっていく。

「おいおい、そんな言い方するなよ。ひまりちゃん、こいつ照れてるだけだから」

「照れてねーし！」

「そっか。じゃあ着いたから私はもう降りるね」

そう言うと、うつむきながら立ち上がって出口に向かう。うまく笑える自信もなくて、目を合わせることができなかった。


翌日からいよいよ学校祭の準備が本格的に始まった。コスプレカフェをやるうちのクラスは、衣装の準備だったりカフェメニューを決めたりと大忙しだ。

「アイドルの衣装……スカートが短すぎないかな？」

「それくらいがちょうどいいよ。ひまちゃんに絶対似合うと思う」

私と同じくアイドルのコスプレをする予定の美奈ちゃんがニッコリ笑った。色ちがいで美奈ちゃんがオレンジ、私がピンク。

体のラインがきれいに出るワンピースタイプの衣装で、スカートはふんわりと広がっている。

「は、恥ずかしいな」

さすがにアイドルの衣装を作るのは無理だということで、借りたのだけれど。

そもそもなぜアイドルのコスプレなんだろう。みんなで意見を出し合ったとき、ひとりの男子がアイドル好きでその案が出て、面白がった男子たちの多数決で決まった。

その他にもチャイナ服や着ぐるみ、男子たちは王子様や執事《しつじ》といった多種多様なコスプレだ。衣装に統一性がないからゴチャゴチャしたイメージだけど、それが売りなんだとか。

この衣装は、美奈ちゃんのお姉さんがかつて文化祭でメイド喫茶をやったときのものだ。

スタイルがよくて引きしまってる美奈ちゃんには合うだろうけど、背が低い私には似合う気がしない。

こんな私が、日向くんに好かれようなんて、どれだけ夢を見ていたんだろう……。

「ひまちゃん」

「え？」

わ、ボーッとしてた。美奈ちゃんが目をパチくりさせながらそんな私を見て、苦笑する。

「今日、用事があるから先に帰るね」

「あ、うん。バイバイ」

あー、しっかりしなくちゃ。

『桃咲には関係ないから』

日向くんの言葉が頭の中をぐるぐる回っている。突き放された感じがして悲しかったのと、日向くんに好きな人がいると思うと、どんな顔をすればいいかわからなくなった。

だから今朝は、バスで会ってもうまく話せなくて、昨日と同じく目も合わせられなかった。

次にどんな顔で会えばいいんだろう。


しばらくして私も学校を出た。

なんだか少し体がだるいのは、がんばりすぎたせいなのかな。

オレンジ色の日差しがさし込む中でスマホの画面を凝視する。

日向くんとのメッセージを見返して、出るのはため息ばかり。

今頃なにをしているのかな。なんて、そんなことを考えてしまっている。

私、いったいどれだけ日向くんが好きなの……。

そう思いながら画面を見つめていると、まさに今メッセージが届いた。

しかもそれは日向くんからだった。

「う、ウソ……」

足を止めて画面を二度見する。

【今日なんかあった?】

「ん?」

どういう意味だろう。

【お疲れさま。なにが？】

そう返すとすぐに既読がついて返事がきた。

【帰り、バスに乗ってなかったから】

気にしてくれてたんだ？

メッセージひとつにこんなにもうれしい気持ちになるなんて、私ってなんて単純なんだろう。

喜びを噛みしめていると、立て続けにメッセージが届いた。

【今、外？】

【うん、そうだよ】

【俺も。今バス停から家まで歩いてる。夕焼け、めちゃくちゃきれいだよな】

夕焼け……？

私は空を見上げた。オレンジ色の中にところどころ薄紫《うすむらさき》色が混ざって、幻想的な雰囲気を放っている。

たしかに、すごくきれい。これからゆっくり夜になっていくのか。

徐々に闇が降りてきて暗くなっていく瞬間がたまらなく好き。一日の終わりを実感できて、今日もがんばったな、いい日だったなって、しみじみと振り返ることができるから。

この空を日向くんも見ているって、よく考えたらすごいことだ。

【めちゃくちゃきれいだね！　私、夕焼け空ってすごく好き】

【俺も！　これ見たら、なにがあってもいい日だったなって思える】

【わかる！　明日もいい日になりそうだよね】

朝の気まずい空気なんてウソみたいに、メッセージのやり取りが続いだ。

【明日の朝は会えんの？】

ドキン。

【うん、会えるよ】

【そっか、じゃあいい日になるな】

「………………」

ダメだってわかっているのに、期待に胸が膨《ふく》らんでしまう。他に好きな人がいるのに、どうして私に会いたいなんて言うの？

日向くんの気持ちがわからなくて、返信ができなかった。

翌朝、扉が開いてバスに乗ると、後方に日向くんが立っていた。目が合うと優しく微笑んでくれて胸が鳴る。

その笑顔が、好き……。

日向くんが他の人を見ているとしても、この気持ちをどうにかすることはできない。

ツラいけど、日向くんの笑顔が見られるなら……それでいい。

「おはよう、日向くん」

「おう」

いつもと変わりのない朝、日向くんの隣にいられることが今の私の幸せ。贅沢《ぜいたく》は言わないからずっとこんな日が続けばいいのに。

「明倫の学祭って来週？」

「そうだよ、六月にする学校って珍しいよね。三年生が進路や受験勉強で大変だから、それを考慮してるらしいんだけど」

「へぇ」

「土曜日に一般公開もしてるから、もしよかったら遊びに来てね。あ、これ招待チケットなんだけど」

「…………」

日向くんは少し迷うような素振りを見せたあと、小さくうなずいてチケットを受け取ってくれた。

「俺からはこれ。やる」

「え……？」

ぶっきらぼうに手のひらサイズの四角い袋を差し出され、戸惑う。

「これは……？」

「いいから受け取って」

そう言われて返すこともできず、手のひらに乗った袋を見つめる。

このショップのロゴ、どこかで見たな……。

「この前、言いかたきつくて悪かったな」

この前……？

「歩が変なこと言ったから、ついあんな言いかた……」

――『桃咲には関係ないから』

もしかして気にしてくれていたのかな。お詫《わ》びのしるしってこと……？　そんなの全然気にしなくていいのに。

そっと中身を見て私はさらに驚いた。

「これ……！　なんで？」

入っていたのは、この前ショッピングモールで見た、四つ葉のクローバーのヘアピンだった。

どうしてこれを日向くんが……？

「もらって、いいの？」

そう聞くと日向くんは小さくうなずいてくれた。

どうしよう、涙が出そうなほどうれしい……。

「ありがとう！　一生大切にするっ！」

思わず声を弾ませると、日向くんは一瞬ポカンとした表情になった。そしておかしそうに目を細めて噴き出す。

「はは、大げさ」

「そんなことないよ、すごくうれしい。本当にありがとう」

これを買うのは勇気がいったはずだよね。どんな顔でお店に行ったのかな。私がかわいいって言ったの覚えてくれてたんだ？

そう考えたら頬がゆるんでしまう。

日向くんの優しさがうれしくてたまらない。

他に好きな人がいるなんて考えたくない。私と同じ気持ちでいてくれていたらいいのに……なんて、そんなことばっかり考えちゃうよ。

学校祭、一般公開の二日目にあたる土曜日。

コスプレカフェは大繁盛で今日も朝から大忙しだ。

もうすでに暑くて、クローバーのヘアピンをつけた私の額には汗がにじんでいる。

「アイスカフェラテのバニラアイス添えを四つお願い」

オーダーを裏に伝える。アイドルのコスプレをしていると、お客さんからの好奇の視線がひしひしと刺さってものすごくイタい。

だけど、せっかくの学校祭だからと自分に言い聞かせ、なんとか接客をしていた。

今日は一般公開日だから特別ということで、気合い十分の美奈ちゃんに、私までメイクをしてもらった。目元のメイクは初挑戦。アイラインを入れてアイシャドウとうっすらマスカラも。だけど派手さはなく、ナチュラルな感じでいつもより少し大人っぽくなった。メイクってすごい。地味な私がここまで見違えるなんて、まるで魔法みたいだ。

それに今日はいつも下ろしているストレートヘアを、美奈ちゃんとおそろいのツインテールにしている。

「桃咲、ホットケーキできたぞ」

「はーい！」

福島からホットケーキがのった紙皿を受け取ってトレイにのせると、オレンジジュースと一緒に運ぶ。ついつい辺りを見回すけれど、待ち人の姿はどこにも見当たらない。日向くん来てくれるかな。わからないけど、チケットは受け取ってくれたもんね。

調理スペースに戻ると、からかうような笑みを浮かべた福島が私を待ち構えていた。

「馬子《まご》にも衣装だな」

「どういう意味よ」

「桃咲もかわいく着飾ったら、それなりに見えるってこと」

「失礼な！」

そう言う福島は王子様の衣装を身にまとっていて、悔しいけれどすごくお似合いだ。

「褒め言葉だよ」

キッと睨んでも、福島は余裕たっぷりに笑うだけ。

「似合ってるよ、髪型も含めて」

「もう今さら遅いから」

膨れてそっぽを向いた先で、教室のドアがちょうど開いたのが見えた。

まさか！

そう思い、目を凝《こ》らしていると入って来たのは女の子三人組で落胆《らくたん》する。

「誰か来んの？」

「と、友達が来るかもしれなくて」

「友達、ね。そのわりには様子が変だけど。はい、カフェラテバニラアイス添え持ってって」

鋭い突っ込みにギクリとした。福島って、意外と意地悪？

「お待たせしました」

男子高生四人組の席にアイスカフェラテバニラアイス添えを運ぶ。

「ねぇねぇ、きみさー名前なんていうの？」

ドリンクを机に置くと、ひとりの男子が手を握ってきた。突然のボディタッチに驚いて固まる。

「めちゃくちゃかわいいよね。連絡先教えてよ」

派手な金髪の男子が私の顔を見上げて笑う。

「えと、あの……」

離さないとでもいうように手首を強く握られて身動きができない。お客さんだから無下にもできないし、対応に困る。

「や、めてください……」

おおごとにして騒ぎを起こしたくない気持ちもあって、ついつい声も小さくなる。

「えー？　なんて？」

「つか、怯《おび》えてんじゃん。かっわいー！」

「やめてやれよ、ぎゃはは」

や、嫌だ……。本当に困るよ。どうすればいいの？

「離して」

「連絡先交換してくれたら離すよ」

「ってかさ、このあと俺らと遊ばない？」

見た目もノリも軽い人って苦手だ。とにかく離してもらわなきゃ。

どう言おうか迷っていると、隣にスッと人の気配がした。

「離せよ」

不機嫌そうな低い声に顔を上げると、なぜかそこに日向くんの横顔があった。

ビックリして目を見開いたのは私だけじゃない。

「ひゅ、日向？」

「なんでおまえがここに？」

日向くんの鋭い目つきに顔を引きつらせる男子たち。

睨みをきかせる日向くんに私はただ小さく肩を縮こまらせた。

「聞こえねーのかよ、離せって言ってんの」

「なんで日向に言われなきゃなんねーんだよ。俺らが今話してんのに」

バチバチと火花が飛ぶ。つかまれた手首に力がこめられ、私は思わず顔をしかめた。

「桃咲に触るな」

日向くんは男子の手首をつかむと、私から引き剥《は》がした。

『桃咲に触るな』

スネたような声が頭の中で反芻《はんすう》する。どうしよう、こんな状況なのにうれしいなんてどうかしてる。

「ねぇ、あれって北央の日向くんじゃない？」

「やばっ、超カッコいい！」

「助けてくれるなんて、ホントに王子様みたい」

あちこちからひそひそ声が聞こえてくる。

日向くんはそんな声に耳を貸さず、ただまっすぐに男子たちを睨んでいた。

「こいつは俺のだから」

唐突に肩を引き寄せられて密着する。ドキドキと高鳴る鼓動。

今、なんて言った……？

——こいつは、俺の？　だから？

まさかと耳を疑う。

「手ぇ出すな」

日向くんの言葉に思考が停止した。頭が真っ白になって正常に作動してくれない。

「ええ⁉」

「どういうことー？」

「桃咲さんと日向くんって、付き合ってるの？」

ざわつく教室内。

「なんだよ、もう行こうぜ！」

注目を浴びて居心地が悪かったのか、男子たちはドリンクを持ってそそくさと出ていってしまった。

固まって動けずにいると、日向くんが耳元に唇を寄せてきた。

「校門のところで待ってるから。あとで来て」

そう言い残すと、まるでざわつく声なんて聞こえていないかのように、教室を出て行く日向くん……。

「桃咲！」

「え、わぁ！」

ふと気がつくと福島が目の前に立っていた。

「大丈夫か？」

「あ、うん！」

「すぐ助けられなくてごめん」

「そんな。その気持ちだけでありがたいよ」

「あいつに手柄《てがら》取られたな」

「え？」

「いや、なんでもない……」

そこへ美奈ちゃんが駆け寄ってくる。

「ひまちゃん！　どういうことー？」

「え？」

「北央の日向くんといつの間にそういうことになったの？　やだもう、なんで言ってくんなかったの？　あれだけ毎日一緒に喋ってたのにー！」

美奈ちゃんに肩をがくがくされながら、誤解を解こうにも、どう説明すればいいのかわからない。

どうしようかとオロオロしていると、今度は美奈ちゃんに背中を押された。

「早く行っておいでよ」

「え？」

「とりあえず追いかけてきなよ。もっと話したいでしょ？　こっちは任せてくれていいからさ」

グッと親指を立てる美奈ちゃん。

「バカ！　危険だからやめとけよ。あの男たちがうろついているとも限らないだろ」

やけに真剣な表情を浮かべて止める福島は、私を心配してくれているみたいだ。

「そっちがバカだよ、福島。ひまちゃんの顔を見たら、どうしたいって思っているか、わかるでしょ。早く行ってきな、ひまちゃん」

「……美奈ちゃん、ありがとう！　ごめんね福島。私、行ってくる」

そう言い残し、教室を飛び出した。

今はただ日向くんに会いたい。ちゃんと話がしたい。自然と駆け足になり、校門へ向かう途中で日向くんの背中を見つけた。

「日向くん！」

名前を呼ぶと彼はぎこちなく足を止めて、振り返った。

息が切れて胸が苦しい。呼吸を整えてから、唇にグッと力を入れた。

「今日は来てくれてありがとう。ビックリしちゃった。それと助けてくれてありがとう……」

目が合うと日向くんは優しく微笑んでくれた。頬がほんのり赤い。

「変なこと言ったけど、後悔してないから」

「え……？」

「さっき教室で言ったこと」

さっき、教室で言ったこと……？

──『こいつは俺のだから』

──『手ぇ出すな』

「冗談で言ったわけじゃないから」

冗談じゃなきゃ、なに……？

ドキンドキンと鼓動が高鳴る。

日向くんも、私と同じ気持ちでいてくれてるってこと……？

「ってか桃咲もさ、嫌なら嫌ってちゃんと言えよ」

今度はじとっとした目で見られた。コロコロ変わる日向くんの表情は子どもみたい。

「曖昧《あいまい》にしてるから、付け入られるんだよ」

「う、うん……ごめんね」

そのとおりだ。肝心《かんじん》なときに私はなにも言えなくなっちゃう。

「ちがう。謝ってほしいわけじゃなくてさ……嫌なんだよ」

ポリポリと頬をかいて言いにくそうに口を開く。

「桃咲が他の男に触られるのが、すっげー嫌だ……」

「……っ」

耳を疑うような言葉ばかり並べられて、信じられない気持ちでいっぱいになる。心臓が破れそうなほど拍動《はくどう》してる。このままだと、どうにかなってしまいそうだ。

身体ごとこっちを向いて距離を詰められた。日向くんにまっすぐに見下ろされて、胸がキュンと疼《うず》く。

どことなく熱っぽい視線も、なんとなく余裕がなさそうな顔も、私の胸を甘くする。

ありえない展開で反応に困っていると、日向くんの手が伸びてきて私の手に触れた。

「あ、あの……」

「桃咲、俺――」

「ひーまーりー！」

声のした方を振り向くと、校舎の方から血相《けっそう》を変えた苑ちゃんが走ってくるのが見えた。大きくこちらに手まで振っている。

「ちょっと、あなた！　ひまりになにしようとしてんの！」

私ではなく、日向くんに突っかかる苑ちゃん。不意にパッと手が離れた。苑ちゃんはさっきの騒ぎのとき、教室にいなかったから事情を知らないのだろう。

「なにって……べつに俺は――」

「北央の有名人だかなんだか知らないけど、軽い気持ちでひまりを誘うのはやめて！」

「そ、苑ちゃん」

完璧に誤解しちゃってるよ。

「ひまりは黙ってて！」

「うっ……」

強気の苑ちゃんに私はハラハラドキドキ。

「……じゃねーよ」

「え？」

「軽い気持ちなんかじゃねーよ！」

まっすぐ苑ちゃんに返す日向くんの瞳に、心臓が騒がしくなる。

あまりの真剣さに苑ちゃんがたじろぎ、声を詰まらせた。

「俺は本気、だから」

ドキン。

「あ、晴ー！　おまえ、こんなとこにいたのかよ！　ったく！」

今度は両手にたくさんのビニール袋を抱えた歩くんが、膨れっ面で現れた。頬には
くまのペイントがある。

歩くん……イベントを全力で楽しむタイプみたいだ。

「おまえが勝手にいなくなるから、かなり捜したんだぞー！」

「って、そのわりにはひとりで満喫してんじゃん」

「まぁ、祭りだし？　一応な。それよりひまりちゃん、久しぶり～！」

相変わらず歩くんはさわやかでマイペース。にこやかに手をヒラヒラ振っている。

「ねぇ、ひまり。知り合いなの？」

「えーっと……まぁ、ね。あはは」

苑ちゃんはなにがなんだかわからないといった様子で困惑している。

「俺は電車だけど。晴とひまりちゃんはバス友！　だからなにも心配しなくて大丈夫だよ」

私たちの顔を交互に見て微笑む歩くんに、苑ちゃんの眉間にシワが寄る。

「ひまり、本当なの？」

「う、うん！　日向くんはバス友！」

「バス友って、なんだか胡散《うさん》臭いけど大丈夫？」

「大丈夫だよ」

あははと苦笑いする。他にどう言えば苑ちゃんを安心させられるんだろう。

「俺は天地《てんち》歩。晴の親友で北央高校のサッカー部所属！　フォワード、十一番。趣味は人間観察。よろしく！」

「天地くん、ね。顔は知ってる、何回か電車で見かけたことあるから」

「マジで!?　俺ってば超有名じゃん！　苑ちゃんね。よし、覚えた」

「説得力ないけど、まあ、ひまりが友達だって言うなら……」

眉の端を下げる苑ちゃんと終始にこやかな歩くん。

「あ、よかったらこれから四人で回らない？」

名案だとでも言いたげに歩くんがパァッと目を輝かせる
「……おまえ、これ以上まだ楽しむ気かよ？」

「いいだろ、学祭は楽しんでなんぼじゃん。な、ひまりちゃん！　苑ちゃん！」

「結構です。私、これから当番だし、ひまりも途中で抜けてきたみたいだから。行こ、ひまり」

「え……でも」

まだ日向くんとちゃんと話せてない。恐る恐る目を向けると、バチッと視線が重なった。

「さっきスマホ見たら、福島がひまりのこと心配してるみたいだから、とりあえず一旦教室に戻ろう」

「福島が？」

「えー、ふたりとも戻っちゃうの？」

「ごめんなさい。えっと……？」

「日向」

「日向くん、いろんな噂があるけど……ひまりのこと傷つけたら許さないからね」

「そ、苑ちゃん……！」

「わかってる」

日向くんは至って真剣で。

「じゃあ、またな」

私の頭をひと撫でると、日向くんは歩くんを引っ張って去って行った。

柔かな手のひらの感触に胸がじんわり温かくなる。不思議と日向くんの手は安心するんだ。

「ねぇ、どういうこと？　ひまり、あの人と付き合ってるの？」

「ま、まさか！　そんなわけないよ！」

「でもいい感じだったよね？」

「……っ」

「日向くんは噂されてるような人じゃないの？　その、喧嘩が強いとか、年上の彼女がいるとか……」

「噂は噂だよ。ホントは優しい人、だから」

出会った経緯を一から説明すると、しぶしぶだけど苑ちゃんは納得してくれた。

「ごめんね、今まで日向くんのこと、言えなくて」

「本当だよー、まさか仲良くなってるなんて思わないから！」

そうだよね、私も仲良くなれるなんて思ってなかった。

「で、付き合うの？」

「な、なに言ってんの！」

「でも日向くんは真剣だよ。私に宣言したくらいだから」

「うっ……それは」

どうなんだろう。自分に自信がもてない。

言葉を詰まらせた私に苑ちゃんはフッと笑った。

「ま、がんばりなよ。日向くんだったら許す」

「ふふ、さっきまでとはえらいちがいだね」

「まだ完全に信用したわけじゃないけど」

ありがとう……苑ちゃん。

私は日向くんが帰った方角を、いつまでもいつまでも見つめ続けた。

＊＊＊

「晴」

「なんだよ」

「止まれって、おい」

中庭を横切って、校門に向かってやみくもに進む。

「なんで不機嫌なんだよ」

「べつに……そんなんじゃないし」

よくわからないモヤモヤが胸の中に渦《うず》まいている。男が桃咲の手首をつかんでいるのを見て、カッとなった。

助けたい気持ちと込み上げるイライラで、気づいたら桃咲の肩を抱いてみんなの前であんな発言を――。

「おいおい、真っ赤だぞ」

「うっせー……！」

――『桃咲に触るな』

イタいだろ、あんなの。でも、身体が勝手に動いてた。理屈じゃないなにかが、胸に沸き起こって止められなかった。

桃咲にとって迷惑だったかもしれないのに。いや、完全に迷惑でしかないだろあんなの。今になってそんな考えがよぎった。

俺、なにやってんだよ……。

「晴、今度は真っ青。それに、なに頭抱えてんだよ」

「やりすぎたかもしれない……」

「なにしたんだよ？」

「言いたくない」

「まぁでも俺は、本当は好きなくせに、やけにクールぶって素直になれないおまえが好きだよ。ぷっ、くくっ」

「笑ってんじゃねーよ！」

「だっておまえ、超絶ウブなんだもん。北央のイケメンとか呼ばれて女慣れしてそうなのに、すぐ真っ赤になるし。こんな晴を見たら一発で噂がガセだってわかるのに、なんでとんでもない女関係の噂が流れてんだろうな」

「そんなのどうでもいいし」

「いやいや、ひまりちゃんがそれ信じてたらどうするわけ？」

「えっ？」

桃咲が噂を信じてたらどうするかって……？

「でもまぁ、ひまりちゃんは噂を信じるタイプじゃなさそうだけど」

「どういう意味だよ？」

「んー、自分で見たことや聞いたことじゃないと信じないっていうか、ふんわりしてそうだけど意志が強そうだなって思っただけ」

歩はメガネをクイッと持ち上げた。推察《すいさつ》してるときによくするお得意のポーズ。

「あの子のことが好きなんだろ？　がんばれよ！」

なんだかこいつに言われると腹が立つ。

「桃咲のことになると、我慢ができなくなる自分もよくわからない」

「そんなん、恋だからだろ」

「………」

恋だから……。桃咲が好きだからこんな気持ちになるのかよ。

他の誰にも触らせたくない。誰の目にも触れさせたくない。俺だけまっすぐ見てろ、こっち向けって思うのも全部、恋だから……。

そう考えたら胸がスッと軽くなったような気がした。

それから三日が過ぎた。桃咲とは学校祭以来、顔を合わせていない。帰宅してベッドに寝そべってボーッとしながら、頭にあるのは桃咲のことばかり。

桃咲が好きだって気づいてから、なんだこれ……胸が苦しい。そんな俺はマジでどうかしている。好きなヤツに会いたいなんて思い悩むキャラじゃなかったのに、恋ってのはやっかいだ。

「くっそ」

会いたい。せめて声が聞きたい。スマホを手にした俺は、思い切って桃咲に電話をかけることにした。

番号を呼び出す指先が震えている。たかが電話くらいでこんなに動揺するなんて俺らしくない。

着信音が数回鳴ったあと、スマホから声がした。

『も、もしもし』

かしこまったような桃咲の声に、つい頬がゆるむ。

「俺だけど、今大丈夫?」

『うん、大丈夫だよ』

「今日バスに乗ってなかったよな。どうかした?」

『あ、えっと、それが学校祭で疲れたのか、その夜から熱が出ちゃって』

「え?」

『でももう下がったし、そんなに上がってないから平気だよ。バスで会えなかったけど今日は学校行けたし、日向くんの声聞いたら元気出てきた』

なんだ、それ。そんなこと言われたら、我慢しようとしてもにやけてしまう。

桃咲の声が聞けてうれしい。でもなんとなく、その声には元気がないような気がした。

まだ体調が悪いのか？

『……日向くん』

少しの沈黙のあと、桃咲が遠慮がちに俺の名前を呼ぶ。そんな些細《ささい》なことにドキドキしてる自分が信じられない。

『この前は助けてくれて本当にありがとう。それと苑ちゃんがごめんねだって』

「いや、全然。つーか、俺の方こそ悪かったな」

やりすぎたと心底反省している。

『うれしかったよ』

「え？」

『助けてくれたことも、日向くんが教室や苑ちゃんの前で言ってくれた言葉も、全部うれしかった』

うれしかったって、どうして……。

『えへへ』

電話口の向こうで、ぎこちなく笑ってる桃咲の顔が浮かんだ。そのとき、ざわざわと木々の葉っぱが擦れる音が聞こえた。

「あれ？　今どこにいんの？」

『あ、うん。家の近くの森林公園。バス停のすぐそばの』

「十分で着く。すぐ行くから待ってろ」

桃咲の返事も聞かずに電話を切った。俺の家からだと、森林公園までチャリで十五分くらい。

よし、意を決してペダルを踏む足に力を入れる。生ぬるい夜風が頬を撫で、じめじめした空気が肌にまとわりつく。それでもペダルを漕《こ》ぐ足は軽い。

桃咲に会いたい。

誰かにこんな気持ちを抱くのは初めてだった。恋焦《こ》がれるっていう表現がピッタリかもしれない。

「日向くん！」

公園の入り口に着くと、街灯の下に立っている制服姿の桃咲が俺に気づいた。

「なに、やってんだよ」

「体調も戻ったから、ここでちょっとぼんやりしてたの」

「危ないだろ。こんな夜にひとりで」

なにかあったらって考えたら心配でたまらない。小さくてふわふわしてるし、守ってやらなきゃって、不思議とそんな気にさせられる。

それに元気がなさそうだから、心配だった。

「大丈夫だよー、襲う人なんていないから」

「そう思ってんのは桃咲だけだ」

「あはは、そんなことないって」

今のは多分愛想笑いだ。桃咲と一緒にいるようになって、少しだけちがいがわかるようになった。

「桃咲は、もうちょい自覚しろ」

「自覚……？」

「かわいいってこと……自覚しろよ」

「え⁉」

おもむろに目を見開く桃咲。街灯の下で弱々しい瞳が動揺するように揺れた。

「きょ、今日の日向くん、変だよ」

うつむきながらたどたどしく言葉を口にする桃咲に胸が締めつけられる。

「変、かもな……そうだよな」

自分でもよくわかってる。桃咲を前にすると冷静じゃいられなくなるってことは。

「──私ね……日向くんに出会うまでは心がマヒしちゃってたの」

桃咲はそう言ってふっと笑った。

「マヒ？」

突然の告白に一瞬ポカンとしてしまった。だけど桃咲は笑っていて、重苦しい雰囲気なんて一切ない。

「いろんな感情を過去に忘れてきたっていうのかな……。うれしいとか楽しい、寂しい、切ない、悲しい……そういう気持ちを全部忘れてたの」

「…………」

「でも、日向くんに出会って思い出した。一緒にいるといろんな気持ちになるんだ」

弱々しく笑う桃咲から目が離せない。

守ってやりたい、こいつの隣にいたい。思いっきり抱きしめたい。今、無性《むしょう》に。

「なんかあったのか？」

「なにも、ないよ。本当になにも。でもなにもないからこそ、息が詰まるっていうか……そういうことってあるよね」

あはは、と笑ってごまかす桃咲。その顔は傷ついているように見える。まるで今にも消えてしまいそうなほど儚《はかな》い。

「日向くんとは、ずっとこうしていたいなぁ……」

空を見上げてポツリとつぶやいた桃咲の横顔は、なぜだか今にも泣き出しそうで。

なにかあったと思わずにはいられない。

俺にできることがあったらなんでもしてやりたい。桃咲のためなら、なんだってできそうな気がする。

「ずっと桃咲のそばにいるよ」

だからさ、そんな顔すんなよ。

「そしたらいろんな気持ちになれるんだろ？　だったらずっとそばにいるから」

できればこの腕で抱きしめたいけど、まっすぐで無垢《むく》な桃咲を汚してしまいそうで怖かった。

「あり、がとう」

そう言って切なげに笑う桃咲に、俺は拳をギュッと握った。

＊＊＊

それは小学五年生の冬――。

微熱が続き、風邪薬を飲んでも一向に熱は引かなくて、そうこうしているうちに身体がダルくてダルくて起き上がれなくなった。

少しぶつけただけで痣《あざ》ができたり、貧血で何度も学校で倒れたり。そんな状態が一カ月続いて大学病院で診てもらうと、ある診断名が私に下された。

白血病《はっけつびょう》……血液のガン。

最初は戸惑うばかりで信じられなかった。まだ小学生だったから病気のことはよくわからなかったけど、お父さんが泣いてたから……。

きっと重大な病気なんだと思った。

抗がん剤治療はきつかったけど、その甲斐もあって私の身体から白血病細胞は消滅した。

『最長で四年間、再発がなければ完治したと考えていいでしょう』

この二日熱で弱っていた私は、夢で病気のことをはっきりと思い出した。それからちょっと沈んでいる。

主治医の先生にそう告げられてから、今年の冬で丸四年経つ。

私たちの間を、風がサーッと通り抜けた。

『ずっと桃咲のそばにいる』

その言葉は私の胸を刺激して、心がじーんと震えた。

日向くんの気持ちがすごくうれしい。信じてもいいんだよね？

「日向くん、あのね」

意を決して口を開いた。

「私、小学五年生のときに白血病になったの……」

自分から誰かにこの話をするのは初めてだった。

でも聞いてほしかったんだ。

日向くんは終始驚いたように、目を見開いて固まっていた。

「白血病……？」

驚いて目を見開く日向くんに、私は笑顔を崩さない。

「あ、でもね。そうとは言っても、白血病細胞が消えてもうすぐ四年が経つんだ。だからね」

ますますポカンとする日向くん。いつもは強気な瞳が左右に揺れている。

「えーっと、抗がん剤で身体の中の白血病細胞が死んだの。でも、すべてが死滅したかどうかはまだわからなくて……。二年以内に再発するケースもあるみたい。だけどね、死滅してから四年が経過すると完治したっていえるんだ」

「…………」

突然こんな話を聞かされて、困惑するよね。日向くんの眉間のシワが深くなった。

「大丈夫だよ。再発もしなかったし、もうすぐ四年が経過するから」

私の白血病はほぼ完治したといっても過言ではない。

「……でも俺、めちゃくちゃ混乱してる。まさか桃咲が……」

「あ、はは。だよね、当時は私もビックリした。それでね、そのとき……お父さんが初めて私の前で泣いたんだ」

お母さんのお葬式でさえ泣かなかったお父さんが泣いたのは、十一歳の私にはものすごく衝撃的だった。私の白血病は私の身体だけじゃなくて、お父さんの心までをも蝕《むしば》んだ。会社に行けなくなるほど落ち込んで、げっそりやつれてしまった。

まだよくわかっていなかったとはいえ、お父さんの悲しそうな姿に胸を打たれた。とても悪いことをした気になって、これ以上お父さんを悲しませちゃいけないって思った。

日向くんは大きく目を見開いたまま固まっている。

「そのとき私、心に誓《ちか》ったの。なにがあっても、お父さんの前では笑っていようって」

「…………」

私が泣いたらお父さんが悲しむ。

「だからね……笑ってるのが苦しくなったり、なにかあったりすると、よくここに来るんだ」

大丈夫、私は大丈夫。そうやっていつも自分に言い聞かせてきた。私が笑っているとお父さんも笑ってくれる。だから、笑顔でいなきゃいけない。

日向くんに向かってニッコリ笑うと、強く腕を引かれた。

「きゃ」

スッポリ覆われる私の身体。火がついたみたいに、一気に体温が上昇していく。

キツく抱きしめらるほどに苦しくなって、息ができないよ……。

「ひゅ、うが、くん……」

途切れ途切れになりながら絞り出した声。日向くんは私の肩に顔を埋《う》めた。

ありえないくらいに高鳴る鼓動。意識が全て日向くんに持っていかれる。

「苦しかったら次は俺に言って」

「日向くん……」

やっぱりいろんな気持ちにさせられる。だってほら日向くんの腕はこんなにも温かくて……愛しい気持ちが止まらない。

触れた部分から日向くんの優しさが伝わってくる。

「俺の前では無理する必要ないから」

「…………」

「そのままの桃咲が、好きだ。だから、俺の前では無理すんな。遠慮する必要ないから」

「……っ」

後頭部を撫でてくれる大きな手のひら。泣きたくなんかないのに涙があふれた。

「あり、がとう……」

本当は誰かにこんなふうに言ってほしかったのかもしれない。

目の前が涙でにじんだ。まばたきすると大粒の涙が頬に流れて、次から次にあふれ出してくる。

日向くんはなにも言わずにただ黙ったまま私の頭を撫で続けてくれた。

第三章　きみへの想い

七月に入って照りつける日差しが強くなった。今年は猛暑になるらしく、毎日ものすごく暑い。

紫陽花《あじさい》も枯れて、あと一週間もすれば梅雨が明けるとニュースで言っていた。

今年はどんな夏になるのかな。去年は受験で大変だったぶん、たくさん遊びたいと思ってるんだよね。

あ、いた……！

バスに乗り込んだ瞬間、口元がわずかにゆるむのを抑えられなかった。日向くんも私に気づいて笑ってくれる。いつもは日向くんの隣だけど、今日は歩くんがいるから一番後ろの席へ向かう。

「ひま」

「え……？」

ひ、ひま？

私の、名前……？

日向くんとバチッと目が合った。

「どこ行くんだよ？」

手首をつかまれ引き止められた。通路側に座っていた日向くんは立ち上がり、私の手を引いて後ろの席へと促す。

「ひまは俺の隣な」

「え、でも」

歩くんもいるのに、いいのかな。

すでに座った日向くんを見てうろたえる。あたふたしていると歩くんに「俺のことは気にしないで」と笑われてしまった。

ちょこんと日向くんの隣に座ると、ドキドキして落ち着かない。

「日向くん」

「晴臣……」

「え？」

「そう呼べよ。俺も桃咲のこと〝ひま〟って呼ぶから」

照れくさそうな顔がこっちに振り向いた。力強いけれど動揺しているようにわずかに揺れる瞳。私の手を握ったままの手も、かすかに震えている。

「じゃあ……晴くんって呼ぶね」

晴くん。

晴くん……。

晴くん……！

「そう、それでいい」

「ふふっ」

「なに笑ってんだよ」

「なんだかいいなぁと思って」

「はぁ？」

わけがわからないと言いたげに眉を寄せる晴くんに、私は笑いが止まらなかった。

「バーカ……」

頭を小突かれグリグリされても、そしてその顔がプイとそっぽを向いても、いつまでもいつまでも晴くんの横顔を見つめ続けた。

そしたらほんのり赤くなって、根負けしたのかこちらに視線を向けてくる。

ぎこちない表情の彼と目が合うと、最後に晴くんはやっぱり笑ってくれた。

「ま、ひまが笑ってるならそれでいいけど」

そんなふうに言ってくれる晴くんが、すごく好き。

「あのさ、ラブラブなとこ悪いけど、俺もいるから控えめによろしく」

前の席から歩くんが顔を覗かせた。

「わー、ごめんね」

「ほっとけよ、そんなヤツ」

「晴〜、おまえ友情より彼女を取んのかよ！」

「マジで黙れ」

「なんだとー？」

か、彼女……!?

ふたりのやり取りが頭に入ってこない。

そっか、私、晴くんの彼女なんだ。なんだか照れくさいし、慣れないよ。

「歩がうるさくてごめん」

「ううん、全然だよっ！」

「こう見えて学年一の秀才なんだよ、歩は」

「え？　そうなの？　すごいね！」

「いやいや、それほどでも」

歩くんは只者《ただもの》ではない雰囲気をまとっているから、頭がキレるタイプかと予想はしてたけど、まさか学年トップだったとは。

「晴は万年最下位だけど」

プッとわざとらしく笑ってからかう歩くん。

「おまえ、余計なこと言うんじゃねーよ」

「やればできるのにやらねーんだもん。晴が本気になれば、俺なんかよりも全然すごいのに」

え、ウソ？

そうなの？

晴くんって、すごいんだ？

「ひまりちゃん、今疑ったでしょ？」

「えっ……!?」

「はは、わかりやすいなぁ」

うっ。

「でも、ホントだよ。晴はやればできるヤツなんだ。中学の時は上位に入っていたし、本当は明倫にだって行けたのに、勉強は好きじゃないとか言って北央を選んだんだ」

「そうなんだ」

「だからおまえは……余計なこと言いすぎなんだよ」

「いいだろー、俺が言わなきゃなんも言わねーよ、ひまりちゃん。こいつ、自分の話、ほとんど人にしないから」

「男はベラベラ語るもんじゃないだろ」

「変なとこ古風《こふう》だよな、おまえ。ひまりちゃん、こいつ昔ね……」

歩くんは明るくそう言って晴くんの子どもの頃の話をしてくれた。

昔はいじめられっ子だったという晴くんは、いじめっ子を見返したくて空手を習うようになったとか。

　そして黒帯《くろおび》まで昇級し、見事にいじめっ子を撃退したんだって。

「こいつは言葉足らずでわかりにくいかもしれないけど、すっげー優しいヤツだから嫌わないでやってね」

「そんな、嫌うだなんてっ」

　とんでもない。晴くんのおかげで私の世界に明かりが灯った。一緒にいると優しい気持ちになるんだ。

「ひまりちゃん、夏休みは予定ある？」

「え？　特になにもないよ」

「八月二十五日が晴の誕生日だからお祝いしてあげて。こいつ、毎年夏休みだから、みんなに祝ってもらえないってスネてんの」

「八月ってもうすぐだよね。晴くんのお祝いしたい！」

「ひまの誕生日は？」

「私は十一月六日だよ」

「へえ、じゃあ祝わなきゃな」

　話をしているとあっという間に停留所に着いた。この時間が一番名残惜《なごりお》しくてたまらない。もっと一緒にいたいのに、時間が全然足りないよ。

「あれ？　晴も降りるの？」

「こいつ送って、走って帰る」

「おーおー、愛だねぇ」

「うっせーー！」

そう言うと晴くんは私と同じ停留所でバスを降りた。

「は、晴くん、よかったの？　帰るの大変じゃない？」

「いいんだよ、行くぞ」

「あ……うん！」

晴くんに好きだと言われて、ますますふたりきりは緊張する。

付き合ってるってことで、いいん……だよね？

そうじゃなきゃ送ってくれるはずがないもんね？　どうしよう、すごくうれしい。

それに幸せすぎるよ。両想いってこんなにも心があったかくなるんだ。

あ、でも私まだ晴くんに好きって言ってない……。

「学校祭のときも思ったけど、クローバーのピン、つけてくれてるんだな」

晴くんの視線が私の耳横に向けられた。横顔がうれしそうにほころんでいる。

「うん、毎日つけてるよ。お気に入りなんだ」

「そっか」

「大切な物は肌身離さず持ち歩くタイプなの、私」

「俺があげたヘアピンを大切って思ってくれてんのが、うれしい」

「晴くん……」

そんな風に言ってくれる晴くんの優しさがすごく好き。胸が締めつけられて、どうしようもない。でも『好き』なんて恥ずかしくて口に出して言えないよ。

晴くんはちゃんと言ってくれたのに、今さら自分からどう伝えればいいのかわからない。

並んで歩いていると隣からクスッと笑う気配がした。

「どうしたの？」

「いや、なんか小難しい顔してんなと思って」

「こ、小難しい……？」

私、そんな変な顔してたんだ。

「なに考えてたんだよ」

「それはヒミツ！」

強気にそう言い返したとき、晴くんと肩がぶつかった。

「ごめんね」

とっさに半歩ずれようとすると、ギュッと手を握られてしまった。

「は、は、晴くん……」

手、手が……！

「俺はつなぎたいんだけど。嫌？」

「ううん……！」

大好きな晴くんとなら、なにをしてもどこにいても嫌じゃない。どこにも行かなくても、晴くんといられたらそれだけで特別なことのように思える。

晴くんの大きな手はゴツゴツしていて、私の手をすっぽり覆ってしまった。ずっとこうやって手をつないでいられたらいいのに。

「あのさ、今週の土曜日って空いてる？」

「土曜日？」

「姉ちゃんが、ホテルのスイーツビュッフェの券くれてさ。一緒にどう？」

「行く……！」

「はは、即答かよ」

「だって甘いもの好きだもん」

バス停からマンションまではすぐで、もう別れないといけないのが寂しい。

でもデートの約束をしたから、楽しみすぎて顔がニヤける。

「じゃあ、またな！」

「うん、バイバイ!」

晴くんはふっと笑って走り出した。風になびいて揺れる茶髪から、いつまでも目が離せなかった。

週末は瞬《また》く間にやって来て、直前の朝になっても着ていく服が決まらなかった。悩んだ末、選んだのは、水色と白の縦ストライプのロングスカートに、袖がレース仕様になった白いTシャツの組み合わせ。それに肩がけバッグとぺたんこのサンダルを合わせて、今日はいつもの私よりもだいぶ大人っぽい格好になった。

髪はゆるく巻いてハーフアップにしてみた。もちろん晴くんにもらったヘアピンをつけて。美奈ちゃんに教えてもらったメイクも、薄づきだけどしてるんだ。

だってやっぱり、かわいく見られたいから。

結局ギリギリになって家を飛び出した。晴くんとは私の自宅近くの最寄り駅で待ち合わせ。わざわざ電車に乗ってきてくれる晴くんのためにも、私が遅れるようなことがあってはいけない。

駆け足で駅に到着すると、改札の中で晴くんの姿を探す。

途中、手でサッと乱れた髪を直した。

緊張してドキドキしてきた。晴くんに会うまで落ち着かない。ううん、会ったらもっと。

「あ」

壁に寄りかかるようにして立っている私服姿の晴くんが目に飛び込んできた。他にも人はいっぱいいるのに、晴くんしか目に入らない。

「おはよう、晴くん」

「…………」

晴くんは私と目が合うとフリーズしたように固まった。話しかけても返事がなくて不安になる。

聞こえてなかったのかな？

でも、思いっきり目は合ってるんだけど……。

「あ、あの、晴くん？」

いったい、どうしちゃったの？

顔の前で手をあおぐとハッとしたように我に返った。

「よ、よう！」

そして晴くんは私からパッと目をそらしてそっぽを向いてしまった。

「どうかしたの？」

「べつに、なんも」

そんなふうには見えないんだけど……。どうしたんだろう？

今日の晴くんは、黒のスキニーに深緑色の無地のTシャツと白のTシャツを下に重ねて着ている。首には長めのリングネックレスがあった。髪型もいつもとはちがって、ワックスでふんわりさせていて、いつもよりオシャレだ。

その証拠に、周りの女の子たちがチラチラとこちらを見ている。

……きっと今まで告白とか、たくさんされてるよね。

私なんかが晴くんの隣にいてもいいのかなって恐縮しちゃうレベルだ。

「行こうぜ」

そう言われ、ふたりでホームに向かって電車に乗った。

電車を降り、地図アプリを頼りにスイーツビュッフェのレストランに向かう。晴くんが足を止めたのは、駅から少し歩いた先にあるレンガ造りのエレガントなホテルの前だった。

「す、すごいね。豪華そう」

しばしの間、呆然とホテルを見上げて立ち尽くす。晴くんも、ここまですごいところだとは思っていなかったみたい。

突然晴くんに手を取られ、ドキッとした。見上げた横顔はシレッとしているけれど、頬がほんのり赤く染まっている。むずがゆいようなくすぐったいような、そんな気持ちになりながら、エスコートしてくれる晴くんが大人っぽくて、心臓が跳ねた。

「わぁ!」

ビュッフェ会場にはたくさんのスイーツが並んでいて、なかでも旬のメロンやマンゴー、パイナップルを使ったスイーツがたくさんあった。

「美味しそう!」

ビュッフェだからサイズが小さくて、いろんな種類が食べられるように工夫がされている。

「晴くん、やばいね! 私、全制覇《せいは》しちゃう!」

そんな私を見てやっぱり晴くんは笑っていた。

「俺もがんばるよ」

「うん、ふたりでいっぱい食べよう!」

それからワイワイ言いながらケーキを選んで、テーブルについてゆっくり食べた。

どれもが甘さ控えめですごく美味しくて、胃がはちきれそうなほど。

「も、もうお腹いっぱい……。晴くんは?」

「まだまだ余裕」

そう言って生クリームたっぷりのショートケーキを頬張る晴くん。

「前から思ってたけど、晴くんって甘いものが好きなんだね」

　そう言うと、晴くんは喉を詰まらせゴホッと咳《せ》き込んだ。

「だ、大丈夫？」

　まずいこと聞いちゃったかな？

「男がスイーツ好きって、やっぱ引く？」

　不安そうな弱々しい目を向けられて、私は即座に首を横に振った。

「私も甘い物が好きだから、一緒に食べられてうれしいよ」

「……けどさ、引くだろ普通は」

「あはは、気にしてるんだ？」

「おい笑うな」

　ムッと唇を尖らせる晴くんがかわいらしい。

「晴くん、クリームついてるよ」

　唇の端についてるのを見つけて、ますますかわいいとしか思えない。晴くんは口元を手で拭うけど、逆だ。

「こっちだよ」

　言葉と同時に手が出てしまい、晴くんの唇の端の生クリームを指でぬぐった。

　触れた瞬間、ビクッと大きく晴くんの身体が揺れた。顔に力が入っているのか、だんだん強ばっていく。

や、やだ、私ったら、なんて大胆なことっ！

大きく目を見開く晴くんを見て、一気に現実に引き戻された。

「ご、ごめんねっ！　私ったら」

慌てて手を引っ込めたけど晴くんは微動だにせず、まっすぐに私を見ていた。

大きくてきれいな黒目が動揺するように揺れて、耳まで真っ赤に。触れた指先もじんじん熱い。

「あんまりさ、そういうことすんなよ」

「え？　ごめんね、気をつける……」

しゅんと肩を落としていると、今度は晴くんが身を乗り出してきた。

「そうじゃなくて、もっと触れたくなるから」

ん？

『もっと触れたくなる』……？

「抱きしめたくなるだろ」

だ、抱きしめたくなる……？

「ななな、なに言ってんの……っ！」

激しく動揺してしまい、一気に顔が火照《ほて》った。

まさか晴くんからこんなに大胆な発言が飛び出すなんて。

どうしよう、恥ずかしすぎる。

晴くんは真顔で、冗談を言っているようには見えず、私をからかう素振りもない。

本気で言ってるんだ……。それがわかって、余計に照れくさくなった。


お腹いっぱいにスイーツを食べた私たちは、ホテルの屋上にある庭園を散歩することにした。

晴天だということもあって暑いけれど、緑あふれる空間はすごく落ち着く。

日陰にいれば風が通るし、そこまで暑さを感じない。それに他に人がいおらず、ふたりきりの空間だ。

「すごいね、ここ」

「ちがう世界にきたみたいだな」

「うん！」

風が私たちの間をすり抜ける。しばらくの間、景色を眺めた。

「俺はひまが好きだ」

突然の、二度目の告白にドキンと胸が高鳴った。晴くんの視線は、空に輝く太陽よりも熱い。

「ひまは俺のことどう思ってる？　この際、はっきり聞かせてほしい」

そうだ、ちゃんと自分の気持ちを言わなきゃ。いざとなると緊張して手が震えた。

「ひまの素直な気持ちが聞きたい」

私は唇を引き結んだ。そして、拳に力を入れる。

「私も……晴くんが、好き」

こんな私でいいのかな？

私、晴くんが思ってるほどいい子じゃないよ。

ねぇ、本当に私でいいの？

その瞬間、思いっきり抱きしめられた。

「俺のことが好きなら、もう遠慮はしない」

優しく包み込むような熱い言葉に、胸がキュンとする。

「わ、わたしも、好き……っ」

晴くんが好き……。

「ずっとひまのそばにいたい」

「うん……わた、しも」

こわごわ晴くんの背中に腕を回す。するとさらに強く抱きしめられた。

「く、苦しい」

「俺の気持ちってことで」

「あはは。うん」

幸せだな、ものすごく。

「ひま、空見て」

ふと晴くんが顔を上げた。つられるように私も上を見る。

「うわぁ、きれい」

雲ひとつない空はとても澄んでいて、まるで私たちを祝福してくれているようだ。

「俺、夕焼けも好きだけど……やっぱ青空が一番好き」

私の耳元で優しい声が響く。

「見てると、悩みなんてちっぽけだと思えるっつーかさ……うまく言えないけど、元気が出るよな」

「そうだね」

晴くんはまるで青空だ。青空のように澄んだ心で私を抱きしめてくれる。それがどれだけ心強いか、きっと晴くんは知らないよね。

急に恥ずかしくなったのか、晴くんはゆっくり私から離れた。

「ごめん、俺」

「ううん、晴くんにギュッとされると安心する」

温《ぬく》もりが心地よくて癒《い》やされるんだ。

「一緒にいると触れたくなるっていう気持ち、ちょっとわかるかも」

ちらりと見上げた晴くんの横顔は真っ赤だった。

そしてぎこちなく私から目をそらしてうつむくと、黙り込んでしまった。

「晴くん、私……めちゃくちゃ好きだよ」

「あー……もう！」

晴くんは突然しゃがみ込んで、頭をガシガシとかいて膝の間に顔を埋める。

「ど、どうしたの？　大丈夫？」

「かわいいことばっか言うなよ」

「え？」

「私服もかわいいし、俺に触れたいとか……そのうえ、好き……とか」

「で、でも……晴くんだってかなり大胆だよ？」

「そうだけどさ……俺とひまじゃちがうだろ」

最後はなぜか投げやり気味に言われた。スネたような目で見られてドキッとする。

「駅でそっけなかったのって、もしかして……」

「ひまの私服がかわいくて、顔赤いの必死に隠してたんだよ。照れるとか、俺のキャラじゃねーんだからなっ」

「ふふっ、あはは」

「なに笑ってんだよ」

ダメだ、止まらない。晴くんがかわいすぎて。

「ごめん、でも、あはは！」

笑っていると呆れたようにため息を吐かれた。しゃがんでいた晴くんが立ち上がると、上から見下ろされる。

唇をへの字に結んで、睨んできた。だけど本気で怒っているわけじゃないから怖くはない。ニッコリ微笑むと観念《かんねん》したかのように、またため息。

「まぁ、な。俺はおまえの笑った顔が好きだ」

そんなこと言われたらまたドキドキしちゃう。でも、私も……。

「晴くんの笑顔が好き。なんかね、心がフワッと温かくなるんだ」

「俺も……」

お互いに照れ顔の私たちの視線が重なる。

どちらからともなく笑顔になって、それは私が大好きな晴くんの顔。

「そうやってさ、ずっと笑ってろよ。俺の隣で」

「うん！」

向かい合った体勢のまま、晴くんの顔がゆっくり近づいてきた。私は固まったまま動けなくて、キスされる……そう思った時には唇が重なっていた。

一瞬だったけど、柔らかい唇の感触がいつまでも残って、妙に恥ずかしい。

唇を離してはにかむ晴くんの顔から、目がそらせなかった。


「へえ、それでそれで？」

週が明けて月曜日。学校に着くと、嬉々《きき》とした顔で美奈ちゃんと苑ちゃんが詰め寄ってきた。話題はもちろん、晴くんのことだ。学校祭の一件以来、噂が広まってしまい、毎日のように根掘り葉掘り聞かれている。でもちゃんと、自分が彼女だといえる自信がなくて、うまく話せないでいた。今日、付き合ったことをようやくふたりに言える。

「日向くんと付き合ったんだ？」

美奈ちゃんの言葉に小さくうなずく。

「きゃあ！　おめでとう～！」

「ひまちゃんもついに彼氏持ちかぁ！」

「ひまり……」

苑ちゃんは心配顔を見せた。でも、すぐに笑顔になる。

「おめでとう。日向くんのこと、信じるよ。なにより、ひまりが幸せそうだからね」

「そ、苑ちゃん……」

「でも、ひまりの笑顔を奪うようなことがあったら、全力で引き離す」

力こぶを作った苑ちゃんの目は真剣だった。そこまで心配されるのはうれしいやら、情けないやら、複雑だ。

「ありがとう、苑ちゃん。今まで黙っててごめんね」

「いいよ〜、ひまりの秘密主義は今に始まったことじゃないしね」

「うっ……ごめん」

「あはは、いいよいいよ。でも、日向くんとなにかあったら遠慮なく相談してね！」

ちょっとだけ寂しそうに苑ちゃんが笑った。

「あ、ズルい！　あたしにもだよ、いくらでも話聞くからっ！　北央の日向くんの彼女ってだけでやっかまれるかもだけど、ちゃんと守るからね！」

美奈ちゃんも私の手をギュッと握ってくれる。

「私も！　ひまりは私たちが守るからね！」

本当に優しくて、たまらず胸が熱くなる。

「ふたりとも、ありがとう。夏休みはいっぱい遊ぼうね！」

「もちろんだよ〜！」

楽しみだな、今年の夏は特に。

「おはよう、桃咲」

「おはよう」

さわやかな笑みを浮かべる福島に笑顔で返す。

「日向と付き合ってんの？」

「え？」

「ごめん、話が聞こえてさ」

福島は複雑な表情を浮かべながら、後ろ手に頭をかいた。

「日向だっけ……？」

「う、うん……！」

福島に言うのは、なんとなく照れくさい。

「マジかー。桃咲があんなイケメンをね。雪でも降んじゃね？」

「ちょっと！　どういう意味よ」

「はは」

福島は笑っていたけど、その笑顔はなんとなく元気がないように見えた。

「やべ、俺日直だった。職員室行ってくる」

そう言い、教室を出る背中を見送る。

「福島、結構ショック受けてるよね」

「え？　どういうこと？」

「いいのいいの、ひまりは気にしなくて」

そのときちょうど予鈴が鳴って、苑ちゃんと美奈ちゃんが席へと戻って行く。

来週からテストかぁ。昨日は一日勉強が手につかなかったから、今日からがんばらなきゃ。

帰りのバスで晴くんは珍しく教科書とにらめっこしていた。北央も来週からテストが始まると言っていたから、がんばっているんだろう。不良っぽい晴くんが教科書を読んでるとか……ギャップがあって萌える。

「お疲れさま」

「おう」

「なんの勉強？」

「数学。苦手なんだよ。それに俺、夏休みはバイトしようと思っててさ。補習にならないように一応勉強してる」

小難しい顔で眉間にシワを寄せる晴くん。

「なんのバイトするの？　私はなんもないなぁ、夏休みの予定」

「叔父さんが駅前でカフェやってるから、それの手伝い。叔母さんが実家に帰る用事があるから、その間だけ行かなきゃなんなくて」

「へぇ、そうなんだ。すごいね」

「そうか？」

そんな些細《ささい》な会話がすごく楽しい。

肩が触れ合い、少しだけ近くなった距離感。私の最寄りのバス停に着くと、当然のように一緒にバスを降りてマンションの下まで送ってくれる。

肩を並べて歩きながら、そっと触れる手と手。反動で離そうとしたら、指を絡《から》ませるように、ギュッと握り直されて、そのまま手をつなぎながら歩いた。恥ずかしいけど、心地いい。地に足がつかないって、こういうことをいうのかな。

夜寝る前には【おやすみ】のメッセージをもらい、朝目覚めたら【おはよう】と送る。

そんな毎日が楽しくて幸せだった。

＊＊＊

「ありがとうございました」

挽《ひ》きたてのコーヒー豆の香りが漂う木目調のおしゃれな店内。程よく空調が効いて寒いくらいなのに、動き回っていると汗が流れた。

夏休みに入り、バイトに明け暮れること一週間。最初は慣れなかったけど、今ではひと通りの接客をこなせるようになった。

「日向くん、これ六番にお願い」

「了解」

アイスコーヒーをふたつとフレンチトーストをトレイに載せて、指定されたテーブルへと運ぶ。この店の最大の売りは、最高級のフランスパンを使用した、このフレンチトーストだ。

閉店間際の二十時前、時計を見ながら店内を行ったり来たり。

早く終われ、早く。

「晴臣はなにをそんなにそわそわしてるんだ？」

店長である叔父さんがからかうように笑う。

「べつに、なんもねーよ」

「いーや、変だね。佐々野《ささの》さんもそう思うだろう？」

「えっ？」

急に話を振られた佐々野は洗い物する手を止めて顔を上げた。

同じクラスの女子、佐々野は偶然にもここでバイトしていた。

「日向くんは最近、かわいい彼女ができたらしくて、それでそわそわしてるんだと思いますよ」

「佐々野、おまえなー……」

なに暴露《ばくろ》してんだよ。

「ふふ、だって本当でしょ？　一部の女子たちも噂してるし」

「おー、晴臣！　そうなのか？」

「そんなんじゃねーし！」

口ではそう言うものの、ひまの顔が浮かんでドギマギする。

「赤くなりやがって、こいつ〜！　かわいいヤツめ！」

「ばっ、だからちがうっつってんだろっ」

「照れるな照れるな」

叔父さんに知られたら、絶対うちの家族にもバラされる……。それだけは阻止しなければ。

店が閉まると、すぐさまロッカーに引っ込んで着替えを済ませてから、ひまのマンションへ向かった。

「晴くん、お疲れさま」

バイト帰りにちょっとでも顔が見られると、疲れなんて一気に吹き飛ぶ。ひまの笑顔が今の俺の原動力だ。

「今日も忙しかった？」

「うん、マジで疲れた……」

マンションのエントランスだと目立つため、狭い脇道へそれる。

「きゃあ」

途中でつまずきそうになったひまの身体をとっさに支えた。

「大丈夫か？」

「ごめんね、ありがとう」

舌を出して笑う顔に心臓を撃《う》ち抜かれた。男の俺とはちがって、折れてしまいそうなほどの細い腕も、日焼けしてない真っ白な肌も、透き通るように澄んだ声も、こいつの全部にドキッとさせられる。

触れたら離したくなくなって、つい手を握った。すると同じように握り返してくれる。照れたように笑う横顔がたまらなくかわいい。

ニヤけそうになる口元を隠すと、クスッと笑われて、きっと俺の気持ちなんてバレバレなんだろう。

「ひまは家で毎日なにやってんの？」

「私？　宿題したり、ダラダラしたり、録画したドラマやバラエティを観たり、雑誌読んだりしてるよ。あ、夏休みに入ってから日記もつけ始めたの」

「へぇ、つまり暇ってことだな」

「そんなことないよ！　ときどき図書館にも行ったりしてるんだから」

さすがだな。真面目なひまらしい。

「晴くんは宿題終わった？」

「うーん、まぁ半分くらいは。けど、やる気出ねー」

「がんばってね。宿題終わったら、いっぱい遊ぼうよ！」

こいつは俺の操りかたをわかってんのか？　俺のやる気スイッチをいとも簡単に押して、かわいい顔で笑って。

「……秒でやる。帰ってすぐ終わらせる」

「あはは」

話していると時間なんてすぐにすぎていく。一日がもっと長かったらいいのに。

そんなこと今まで思いもしなかったのに、ひまに出会ってからたくさんの初めてに遭遇している。

「じゃあ、そろそろ帰るよ。明日も、バイト帰りに寄るから」

「うん、気をつけてね」

寂しそうにするひまの頭をポンポン撫でて、背を向ける。

すると、Tシャツの裾《すそ》をグイッと引っ張られた。

「し、しないの……？」

「え？」

「キ、キス……しないの？」

恥ずかしそうにうつむくひまの姿に、心臓が鷲《わし》づかみされたみたいになる。

ひまはゆっくりと顔を上げて上目遣いに俺を見た。緊張からだろうか、手が小刻みに震えている。

人の我慢なんて知らずに、あっさりそれを突き破ろうとする潤《うる》んだ瞳。小悪魔かよ、こいつは。

触りたい気持ちを抑えきれず、指を絡めながらひまの手を握った。そしてゆっくり顔を近づけ、小さな唇にそっと触れる。

ピンと背筋が伸びてこわばる身体。小さいくせに、必死に顔を上げる姿が愛しくてたまらない。

もう一度軽く触れてから、屈《かが》んで額を合わせた。

「そんなに俺とキスしたかったんだ？」

「えっ？」

動揺してあからさまに左側にそれる視線。赤くなっていく顔にまん丸く膨らむ頬。

勝ち誇った顔で笑うと、ムッとしてスネたような表情になる。

その顔が見たくて、俺は……。

「晴くんの……意地悪」

うん、わかってるよ。

けどさ、俺の気持ちもわかってよ。

ひまがかわいいんだって。

「でも、そんなところも好きだよ」

「……っ」

やばい。意地悪するつもりが、逆にドキドキさせられてる。幸せすぎて、このまま

どうにかなりそうだ。

照れたように笑うひまに、もう一度キスをした。

＊＊＊

晴くんとキスをすると、温かくて優しい気持ちになれる。晴くんの照れた顔が好き。

仕方ないなって笑う顔が、たまらなく好き。

「ただいま」

「おかえり、ひまちゃん」

晴くんとの時間は三十分にも満たない。それなのに、母親はこうして毎日のように玄関で私を待ち構えている。

後ろめたさを感じる必要なんかないはずなのに、悪いことをしている気分になる。

「夏休みに入ってから、しょっちゅう夜に出て行くけど、なにしてるの？　男の子と会ったりしているんじゃないの？」

探りを入れるように顔を覗き込む母親。晴くんとの幸せな時間が、黒いモヤモヤに覆い尽くされていくような感覚がした。

「勉強でいろいろわからないところがあって、友達に聞いてるの」

いつからか、ごまかすのがうまくなった。笑顔を貼りつけていい子のフリをする。

「そう……？　それならいいんだけど、私はひまちゃんを信じるからね」

信じるって、なに？

吐き出せない言葉の代わりに拳をキツく握った。ぶつけどころのないイラ立ちが、胸の奥底に蓄積していく。

お父さんも帰ってきて、玄関先に立っている私を見て驚いた顔をする。

「どうしたんだ？」

「ひまちゃんが最近夜出て行くものだから、心配してたのよ」

お父さんは仕事で毎日クタクタになって帰宅する。あまり会話はないけど、母親を通じて私のことは知っているみたい。

「お友達に会ってるだけだって言うんだけど、心配で……」

「ひまり、お母さんをあまり心配させるんじゃない」

黒い感情が今にも爆発してしまいそうだったけど、私は必死に唇を噛んで耐えた。

「ごめん、なさい……次から気をつける。じゃあもう寝るね。おやすみ」

それだけ言って部屋へと逃げた。

母親からの視線がチクチク突き刺さっていたけど、気づかないフリをした。大丈夫、きっとまた明日からうまく笑える。

そう言い聞かせてベッドに入り目を閉じた。


【今日バイト先に遊びに行ってもいい？】

朝、おはようのメッセージを送るとすぐに既読がついた。晴くんは基本的にすぐに返信してくれる。昨日あれだけ言われたから、なんとなく夜出て行きにくい。

ピロリンとスマホが鳴って晴くんから返事がきた。

【待ってる】

わ、やったぁ。今日も会える。うれしくて頬がゆるんだ。

そして午後から自転車に乗って、晴くんの働くカフェへ向かう。

あ、暑い……。溶けてしまいそうなほどで、冷たいもので早く喉を潤したい。フラフラになりながらお店の前にたどり着くと、男子の集団に出くわした。

「あれ？　ひまりちゃん？」

「え？　あ！　歩くん！」

「誰？」

「歩の知り合い⁉」

背の高い男子たちに囲まれて思わず一歩後ずさる。

「ほらほら、おまえらひまりちゃんが怖がってるだろ」

「もしかして歩の彼女？」

「つーか、かわいいじゃん」

「俺のじゃなくて、晴の彼女だよ」

「えっ⁉」

晴くんを知ってるっぽいから、北央の人たちなのかな？

「晴の彼女って、どういうことだよ？」

「あいつ、彼女いたのかよ！　知らなかった！」

「まぁまぁ、とりあえず暑いから入ろうよ。俺ら、晴のバイト先に内緒で遊びにきたんだ。ひまりちゃんも？」

うなずくと、歩くんが扉を開けて私を中へと促した。

「いらっしゃいまー――」

カランコロンとお店のベルが鳴って、蝶《ちょう》ネクタイを締めたバリスタ風の晴くんが笑顔で出迎えてくれた。だけど途中で言葉を止めて絶句する。

「なんでおまえらがいるんだよっ！」

「晴がちゃんと接客してるか心配で見にきたんだよ」

歩くんが戸惑う晴くんにニヤリと笑う。

「へぇ、いい店じゃん」

「マジでありえねー。今すぐ帰れ」

晴くんはぶっきらぼうに言い放った。

「おいおい、ひまりちゃんにそんなこと言うなよ、ひどい彼氏だな」

「歩たちに言ってんだよ！」

「晴臣、お客さんに向かって帰れだなんて言ってんじゃないよ。さ、お嬢さんはこちらへどうぞ」

晴くんの叔父さんによって私はカウンター、歩くんたちは後ろのテーブル席へと案内されて大人しくそこに収まった。

それでもいまだに納得できない様子の晴くんは、不機嫌そうに唇を尖らせている。

学校で友達といるときも、こんな感じなのかな？　噴き出しそうになったとき、キッチンの奥から女の子の店員さんが出てきた。私を見てニッコリ微笑む。

「いらっしゃいませ」

　長い髪の毛をひとつに結び、スラッとした背の高い美人。まるで雑誌に出てくるモデルみたい。

「佐々野ちゃんじゃん！　ここでバイトしてんの？」

「えへ、そうだよ」

「マジかぁ。俺、毎日通っちゃう」

　テーブルに座ってた男子たちが声を上げる。どうやらみんな顔見知りのようで、店内はワイワイと騒がしくなった。

「佐々野ちゃん、今度俺と遊ぼうよ」

「えー、やだよ。私、軽い人嫌いだもん」

「俺軽くないよ？　佐々野ちゃんのこと、ずっとかわいいと思ってたもん」

　すごい熱烈アプローチだけど、佐々野さんは相手にしていない。

　おしとやかに見えたけど、意外とズバッと言うんだ。あしらいかたも慣れているなと感じてしまう。聞くところによると、みんな同じクラスらしかった。

「おまえら、うるさすぎ」

うんざりしながらため息を吐く晴くん。目が合うと私にだけわかるように、ごめんと片手を上げた。

いいよとうなずいて笑ってみせると、晴くんはホッとして表情をゆるめた。

その様子を見た歩くんは、私の席に来て耳打ちをする。

「ひまりちゃんといるようになってから、優しい顔してるよ」

「優しい顔って、晴くんが？」

「うん。アイツがこんなに穏やかな顔をするだなんて知らなかった。ひまりちゃんのおかげだよ」

そう言って笑う歩くん。

きっと晴くんのことが大好きなんだろうな。

「でも歩くんだって優しい顔してるよ。晴くんの周りはそんな人たちの集まりだね」

「そんなうれしいこと言ってくれるなんて……やばい、ひまりちゃんに惚《ほ》れそう」

「おい、歩！　ひまに近寄るな」

「なんだよー、いいだろ。俺だって仲良くしたいし。ね、ひまりちゃん」

「え？　あ、うん」

ウインクされてとっさにうなずく。すると歩くんは日向くんに小突かれた。

「仲良くしたいなんて言うな、バカ」

「嫉妬かよ、おい。ラブラブだな、相変わらず」

「うるさい。マジで近寄るな」

「あはは」

声を上げて笑うと、むくれた晴くんの顔。穏やかな時間だなぁなんて、しみじみと実感する。

「お待たせしました、フレンチトーストです」

「わぁ、美味しそう！」

「ふふ、でしょ？　僕のフレンチトーストは世界一だよ」

マスターらしき柔和な雰囲気の男性が私の目の前に皿を置く。どうやらこの人が晴くんの叔父のようだ。

看板メニューのフレンチトーストは一日かけて卵液をしみ込ませているそうで、とても美味しかった。

「今日の帰りも会いに行っていい？」

会計のとき、耳元で囁かれてドキッとする。

「ごめん、夜は出て行きにくい、かも」

「あー、親になんか言われた？」

黙っていると頭を撫でられた。

「ごめんな、俺のせいで迷惑かけて。じゃあ夜会うのは控えるか」

「そんな、迷惑なんかじゃないよ。私こそごめんね」

「ん、いいよ。気をつけて帰れよ」

手を振ると、振り返してくれた。歩くんたちも出てきて、晴くんとふざけ合っている。その声を背に自転車を走らせた。

フレンチトーストは美味しかったし、晴くんにも、晴くんの友達にも会えた。いい日だったな。


夜、机に向かい日記帳を開いた。お気に入りのラメのきれいなボールペンを握り、ノートに走らせる。

7月31日
晴くんのバイト先のカフェに行ってきた。

北央の人たちがいて騒がしかったけど、学校での晴くんはこんな感じなのかなって思うと、なんだか新鮮だった。

もうすぐ晴くんの誕生日だけど、プレゼントどうしようかな。

夏休みに入ってからというもの、一日がとても長く感じる。

晴くんに会えないのなら、学校があるほうがいいな。

8月5日
今日は久しぶりに苑ちゃんと遊んだ。
プレゼント選びに付き合ってもらったんだ。
なにをあげたらいいかわからなくて、一日中歩き回ってやっと見つけた。
晴くんによく似合いそうな、革のブレスレット。
喜んでくれるといいな。

8月11日
晴くんと図書館にいった。

本っていうイメージはあまりないけど、私がオススメした恋愛小説を興味深そうに読んでたっけ。

その隣で私は宿題をしてたけど、晴くんのことが気になって集中できなかった。

晴くんは宣言通り秒で宿題を終わらせたらしい。私の方が遅くなっちゃって申し訳ないよ。図書館のあとは一緒にカフェに行った。楽しかったなぁ。

8月18日
バイトが休みで森林公園まできてくれた。久しぶりのデート。晴くんと一緒にいられてうれしかった。
夜は毎日電話してくれるし、彼女思いだよね。

8月20日
苑ちゃん、美奈ちゃんと遊んだ。

苑ちゃんは相変わらず部活ばかりで、美奈ちゃんは大学生の彼氏とうまくいってないんだって泣いていた……。

長く付き合ってると、うまくいかないこともあるよね。

3人で晴くんのバイト先に行ってフレンチトーストを食べた。

そしたら美奈ちゃんちょっと笑ってた。よかったよかった。

8月24日
明日は晴くんの誕生日。
楽しみすぎる。

「わー、寝坊したぁ……！」

どうしよう、やばい、間に合わない。急いで飛び起き着替えを済ませる。ドタバタ慌ただしく部屋を出ると、何事かと母親が顔を出した。

「出かけるの？」

「うん！　間に合わないから、もう行くね」

「何時頃帰ってくる？」

「んー、わかんない！」

「わかんないって、ちょっとひまちゃん!!」

「行ってきまーす！」

言葉を遮《さえぎ》るように家を出た。

母親を嫌いなわけじゃないのに、深く関わりたくない。

ある日突然なんの前触れもなく紹介された新しい母親と弟。お父さんは私が反対するなんて微塵《みじん》も思っていなかったようで、私も複雑な気持ちを押し殺して受け入れるしかなかった。

新しい家族、笑顔の絶えない家庭、仲のいい姉弟、明るい食卓。

それらすべては、お父さんが望んだものだった。私が白血病になってからというもの、いつも疲れ切った顔をしてたから。

そんな顔をさせているのは私だから、どうしても受け入れなきゃいけない。もう二度とお父さんを困らせちゃいけない。子ども心にそう理解し、必死に家族のフリをし続けた。

お父さんの家族。守らなきゃ。大丈夫、私はまだ笑っていられる。

手をつないで歩く親子連れに胸が痛んでも、母親の腕に抱かれてスヤスヤ眠る子どもを見ても、大丈夫。もう昔のように、お母さんを恋しく思ったりはしない。

待ち合わせの駅に着くと、晴くんはすでに到着していた。なぜか隣に女の子がいる。

——あれは、佐々野さん？

スタイルの良さからすぐに彼女だとわかった。ふたりはなにやら話し込んでいるみたい。クールな晴くんも、佐々野さんには心を開いているような気がする。

美男美女でなんだかお似合い。子どもっぽい私なんかよりも、佐々野さんのほうがずっと……。

胸の奥がズキッと痛んだ。

「ひま！」

立ち止まっていると、晴くんが私に気づいた。

「お……おはよう、晴くん」

「うん、はよ」

「佐々野さんも」

「ひまちゃん、おはよう！」

佐々野さんの笑顔は太陽よりもまぶしい。

敵《かな》うわけない、こんな子に……って、ああ今日の私はダメだ、卑屈になりすぎ！

「じゃあな、佐々野」

「うん、ごめんね、いきなり声かけて。またバイトで！」

晴くんは、会話に入っていけず、だんまりしている私の手をさり気なく取った。

「ごめん、偶然佐々野と会ってさ」

「うん、大丈夫だよ」

悟られないように笑顔を貼りつけた。

ちょっぴり、頬が引きつっているような気がする。でも今日は晴くんの誕生日だから、素敵な一日にしなくちゃね。

いつもより遠出しようと言われて、電車で一時間かけて街の中心部へと繰り出すことになった。

地元から離れた都会の駅は人通りが多く、よそ見をするとすぐに人にぶつかりそうになる。

「わっ」

正面から人にぶつかってカバンの中身をぶちまけてしまった。荷物を片付けていると、隣にいた晴くんが同じようにしゃがんで拾ってくれる。

「大丈夫か？」

「ごめんね、ありがとう……！」

「ん」

すべての荷物を拾って立ち上がると、晴くんは私に向かって手を差し出した。私はそんな晴くんの手をおずおずと握る。触れた瞬間ぎゅっと握り返されて、思わずドキッとしてしまった。

「よっし、じゃあ中に入るか」

チケットを買って観光名所のタワーの展望台に登った。

シースルーのエレベーターに乗って、空高く昇っていく。空と同じくらいの高さに目線があって、私は景色よりも頭上の澄んだ青に釘付《くぎづ》けになった。

「わぁ、すごい」

「だな」

頂上に着くとさらにきれいな空が広がった。

「きれいな空だね、晴くん」

「俺も下の景色よりも上ばっか見てた」

一緒のものを見てたことにうれしくなる。

透き通るような濁《にご》りのない青空。

沈んでいた心が少しだけ軽くなった。

プレゼントを渡すタイミングを考えてなかったけど、今渡したほうがいいよね、絶対に。だってロマンチックだもん。

そう思ってカバンを探る。だけど……。

あれ？

な、ない。

どれだけ探してもプレゼントが見当たらない。家を出るときにはたしかに入っていたし、電車の中でも確認している。

それほど大きくはないラッピングだから、落とすことはないと思うんだけど。

「あ！」

まさか、さっきカバンを落としたときに落とした？

全部拾ったと思っていたけど、人が多かったし、見逃していたのかもしれない。

ウソでしょ、ありえないよ。

でもそうだとしか思えなくなり、血の気が引いていく。

たくさんの人が利用する駅だったし、もう捨てられていたりして。

ど、どうしよう……。

「ひま？　どうしたんだよ、青い顔して」

「…………」

顔を覗き込まれて、とっさにそらした。誕生日プレゼントを落としたなんて、言えるわけない。

「もしかして、体調悪いとか？　それなら、遠慮せず言ってくれれば——」

「ぜ、全然元気だよ！」

「ウソつけ、俺の目はごまかせないぞ」

素直に話すべきなのかな。呆れられたりしないだろうか。情けないな、私。

「……晴くん、ごめん。私、駅に忘れ物しちゃって！　取ってくるから、ここで待っててくれる？」

「忘れ物なら俺も一緒に行くよ」

「ううん、大丈夫だよ」

「大丈夫じゃねーよ。方向音痴《おんち》のくせに」

「うっ……！」

そう言われたら、ますます返す言葉が見つからない。

「だから俺も一緒に行く。離れるとか、ちょっとの時間でも寂しいし」

指を絡めるように手をギュッとされたら、もう反論なんてできなかった。

そ、それに寂しいとか……。晴くんもそんなふうに思うことがあるんだ。私のこと、大事にしてくれてるよね。それなのに佐々野さんに嫉妬して、勝手に沈んでいた。

「ごめんね、晴くん」

ヤキモチやきで身勝手でワガママな私。晴くんといると、自分でも気づかなかった醜《みにく》い感情が出てきちゃう。

「謝るなって。それより、なに落としたんだ？」

「それは……ヒミツ！」

手をつなぎながら混雑した駅に戻って、荷物を拾った周辺を念入りに探した。だけど、それらしいものは見当たらない。

「そんなに落ち込むなよ。めちゃくちゃ高いもんじゃなかったら、バイト代で新しいの買ってやるから」

「い、いいよ。だって……、晴くんへのプレゼントなんだもん」

「え？」

「私、バカだよね……そんな大事な物を落としちゃうなんて」

晴くんの喜ぶ顔が見たかったのに。似合いそうだなって思って選んだのに。

「──ひま」

すぐそばで晴くんに優しい顔で覗き込まれた。まっすぐなその視線に胸が鳴る。

「落ち込むなよ。すげーベタなこと言うけどさ、ひまと一緒にいられたらそれでいい。

俺には最高のプレゼントだよ」

「晴くん……」

どうしてそんなに優しいの。

「ごめんね……」

「そんな顔すんなって」

フワッと微笑む彼に心が和んだ。晴くんの言葉ひとつひとつが、温かくて心地いい。

「あ」

もしかして……。

カバンの横のチャック付きのポケット。そういえば、落ちないようにって、ここに入れたような……。今ふと思い出した。

恐る恐る開けると、見覚えのあるラッピングが入っていた。

「あった……！　よかった、ホントによかった～!!」

「え？」

「ごめんね、晴くん。はい、誕生日プレゼント。おめでとう！」

あ、あれ？

ポカンとしてる。そりゃそうだよね。無邪気に渡してる場合じゃないのかも。

「ごめん……私、おっちょこちょいなところがあって。……もっとしっかりしなきゃいけないのに……ごめんね」

晴くんを巻き込んで迷惑をかけてしまった。

「いや、それはべつにいいんだけどさ……ふ、ははは」

「えっ、なんで笑うの⁉」

晴くんは見たこともないほど楽しそうに、目を細めて笑っている。

「ひまが宝物を見つけたガキみたいな顔してたから……つい」

「……っ」

ひ、ひどい。

「サンキュ。俺のために選んでくれたなんて、めちゃくちゃうれしい」

「あげないよ、笑ったから」

「悪かったって」

「ふーんだ」

スネるフリをしてそっぽを向く。後ろでクスクス笑われているのがわかった。

「…………」

「ひま」

「…………」

「おーい」

「…………」

「ひまりさん」

「…………」

「ケーキでも食いに行くか？」

「えっ？　うん！」

あ、やばい。思わず顔がゆるんじゃった。

「ははっ、単純」

「もう！」

「スネてる顔もかわいい」

「……っ」

面と向かってはっきりかわいいとか、反則だ。徐々に顔が熱くなっていく。

「もう笑わないから、許してください」

「仕方ないなぁ、はい、これあげる」

プレゼントを差し出すと、晴くんは満足そうに微笑んだ。

「サンキュ」

こうなったら私の負け。晴くんには敵わないよ。そして晴くんはラッピングから革のブレスレットを取り出し、さっそくつけてくれた。

「やべぇ……」

「どう、かな？　晴くんっぽいなって思ったんだけど」

「一生大事にする。絶対はずさないから」

「あはは、大げさだな」

気に入ってもらえてよかった。

第四章　きみがいたから

新学期が始まった。あっという間の夏休みだったような気がする。晴くんはいまだ帰ってこない叔母さんの代わりにバイトを続けるようで、電車で帰ることが増え、朝のバスでしか会えない日が続いた。

寂しいけど、毎日連絡をくれるから、我慢できた。でもふとしたときに考えちゃう。

晴くんは今頃、なにやってるのかなって。

こんなとき、同じ学校だったらずっと一緒にいられるのにな。

「ひまちゃん、今日、久しぶりに日向くんがバイトしているカフェに行かない？　あそこのフレンチトーストが食べたくてさ」

「ごめん、美奈ちゃん。行きたいんだけど……今日はなんだか疲れちゃって。また今度でもいいかな？」

「え、大丈夫？」

「夏風邪かな？　ゆっくりすればすぐに回復すると思う」

「そかそか、じゃあ早く帰って休んで。中学んときの友達誘って行ってみるわ！」

「うん、ごめんね。晴くんによろしく」

カバンを持って立ち上がり教室を出る。足元がおぼつかなくてフラフラだった。

貧血気味なのかな。そんなときは寝れば治るから、早く帰って横になりたい。

バスの中で目を閉じていると、少しだけ楽になった気がした。

家に帰ると着替えもせずに、部屋のベッドに横たわる。するとすぐに意識がなくなり、夢の中へと引きずりこまれた。

私は夕飯も食べずにこんこんと眠り続けた。そのおかげで、翌朝早く目が覚めたときには、すっかり身体が回復していた。食欲はなかったけど、無理やり朝食を流し込んで家を出る。

でもあまり食べてないのに、停留所に着くころにはお腹が苦しくなった。よくなったと思ったのに、少し歩いただけで動悸《どうき》や息切れがする。

「ひま、顔色悪いけど、大丈夫か？」

バスの中で晴くんが心配そうに尋ねる。

「平気だよ。最近ちょっと疲れてるから、そのせいだと思う」

「無理すんなよ。俺につかまっていいから」

腰にグッと腕が回されて、晴くんに寄りかかる体勢になった。距離が近くて、心拍数が急激に上がる。

「お、落ち着かないよ」

「大丈夫。俺に預けてくれていいから」

む、無理だ。恥ずかしくて余計に身体に力が入ってしまう。最寄りのバス停に着くまで、ドキドキしっぱなしだった。

三日も経てば、体調はすっかり元通りになった。今日は短縮授業で学校が早く終わるので、美奈ちゃんと苑ちゃんとカラオケに行くことになり、三人で電車に揺られる。

「楽しみだね、ひまちゃん」

美奈ちゃんはいつものように笑っているけど、ここ数日ボーッとしていることが増えて様子がおかしい。

「美奈ちゃん……なにかあった？」

「え？」

「無理して明るく振る舞ってるでしょ？」

普段の私なら、ここまで突っ込んで聞くことはなかった。でも、あからさまに様子がおかしいから気になってしまう。

「実はね……彼氏と別れたの」

「えっ！　なんで？」

「連絡が減った時点でうすうすおかしいとは思ってたんだけど、浮気されてたんだ」

「そんなっ、最低！」

「だよね、あたしもあんなヤツって思う。でも、やっぱりまだ引きずってて……」

美奈ちゃんは大きな目を潤ませた。きっと今でもまだ好きなんだろう。

晴くんに恋をしてるから、わかる。そう簡単に大好きな人を忘れられないってこと。

「美奈ちゃん、元気出してね。私、どこにだって付き合うから」

美奈ちゃんの手を握った。すると美奈ちゃんは少し驚いた顔を見せて、涙をぬぐう。

「ありがとう……」

「今日は思う存分騒ごう。私たちの奢りだよ！　ね？」

苑ちゃんの言葉に大きくうなずく。

「わー、やったぁ！」

美奈ちゃんは目を潤ませながら、笑ってくれた。

カラオケでは三人で盛り上がって、はしゃいで飛び跳ねた。苑ちゃんも私も美奈ちゃんを元気づけようと、明るい曲ばかり歌う。けれどラストで美奈ちゃんはバラードを歌いながら泣き出した。

「まだめちゃくちゃ好きだよぉ……っ」

「美奈ちゃん……」

震える身体を優しく抱きしめる。

「ひまちゃん、苑ちゃん。今日はありがとう。大好き！」

三人で熱い抱擁《ほうよう》を繰り返すうち、クスクスと笑いが漏れた。しばしの間友情をたしかめ合って、美奈ちゃんは笑顔を取り戻した。

「あたし、明日からは前を向いて生きる。落ちるとこまで落ちたし、あとは上がるだけだよね」

「そうだよ、その調子」

「わ、もうこんな時間か。七時半って、どんだけ歌ってたんだろ」

「え、もう？」

今まで、家に連絡もせずにこんなに遅く帰ったことはない。とっさにスマホを確認すると、母親からメッセージが届いていた。

【今何時だと思ってるの？】

【早く帰ってきなさい】

【なにしてるの？】

どことなく厳しい口調。怒っているのかもしれない。

なんとなく憂うつになる。

私はまた無理に口角を持ち上げて、適当な言葉でごまかすのだろうか。そうしてる自分の姿を想像するだけで、逃げ出したい気持ちになった。

家に帰りたくないな。美奈ちゃんたちと別れると、私の足は自然と晴くんのバイト先のカフェに向いていた。晴くんはもう帰っているかもしれない。でもひと目だけでも会えたら元気になれる。

お店はすでに閉店しているようで、ひと気はない。裏側に回ってみると、ちょうどドアが開いた。

晴くんかな？

期待を胸に弾ませながら、少し離れた場所から目を凝らして見る。すると出てきたのは制服姿の佐々野さん。そのすぐあとに晴くんが現れた。

「日向くん、ラストでオーダーミスしまくるから大変だったよー」

「あー、わりぃ」

だんだんと近づいてくるふたりの声。私はとっさに細い路地に隠れた。

「いつもごめんね、送ってもらっちゃって」

「べつに、通り道だし気にすんな」

なんの違和感もなく並んで歩く姿に、動揺が隠せない。

なんで。佐々野さんといつの間にこんなに仲良くなったの？

私は朝のバスでしか会えないのに、佐々野さんと毎日一緒に帰ってるの？

胸の奥から、言いようのない不安な気持ちが湧き上がってくる。

キリキリと胃が痛んで、見ていたくないのに、ふたりの背中から目が離せない。遠くから聞こえる佐々野さんの笑い声に、思わず耳を塞ぎたくなった。

私って、どうしてこんなに弱いんだろう。ささいなことに振り回されて、気持ちが上がったり下がったり。なにがあってもうろたえない強い心がほしいのに……いつまで経っても手に入らない。

私は静かにその場をあとにした。


「ひまちゃん、起きてる？」

コンコンとノックされてハッとする。

うそ、もう朝？

部屋のカーテンから太陽光がさしているのが見えて焦ってしまう。

最悪、寝坊した。

飛び起きると、いきなり体勢が変わったせいか、目の前が真っ暗になった。足から力が抜けて、ベッドへ倒れ込む。

身体が重い、ものすごく。頭がフラフラして、目の前がボーッとする。熱くて汗をじっとりかいていた。

「──三十八度、か。今日はゆっくり寝てなさい」

熱のせいで頭がうまく回らない。私のおでこに触れる母親のぎこちない手が、ゆっくりと離れた。

「昨日遅くまで遊んでるからよ。今度からはもう少し早く帰って……」

こんなときにお小言なんて聞きたくない。

「ねぇ……机の上に、四つ葉のクローバーの栞、ある？」

「あったわ、これね。はい」

「ありが、とう」

ギュッと握って、目を閉じた。お母さんに包まれているようで安心する。白血病で入院してたときも、よくこうして寝たっけ。そうすると不思議と眠れるんだ。

いつの間にか眠りに落ち、目が覚めたときはすでに夕方だった。窓からオレンジ色の光が差し込んでいる。

さっきよりはずいぶん楽になったけど、それでも身体はまだ重い。食欲もなくて、動く気にもなれない。

何気なくスマホを見ると、晴くんからメッセージが届いていた。

いつものようにメッセージを開こうとして、指が止まる。昨日の夜の光景が目に焼きついて離れない。ズキンと胸が痛んで、息が苦しい。

佐々野さんと仲良くしないで……なんて、言えない。

でも、昨日の夜からずっと返していないから早く見なきゃ。気を取り直してスマホをタップした。

【今帰ってきた。ひまの声が聞きたいんだけど、電話大丈夫？】

【もしかして、寝た？】

【寝たな？　おやすみ】

【おはよう】

【なんかあったのか？】

私を気にしてくれているのが、文面からひしひしと伝わってきた。

【ごめん、熱で寝込んで】

そう打ち込んだところで、晴くんから電話がかかってきた。既読がついたのを見計らって、かけてきたんだろう。

『ひま？　よかった！』

スマホの向こうから、待ってましたと言わんばかりの明るい声がした。声を聞いただけでどんな顔をしているのかが想像できる。

熱で弱っているからなのか、晴くんの声を聞くとホッとした。

『返事がないから、すっげー心配した』

「ごめんね、熱が出ちゃって」

『風邪か？』

「うん、そうかも」

『無理するなよ。この前も体調悪かったみたいだし』

「大丈夫だよ」

『……………』

急に黙った晴くんは、しばらくしてボソッとつぶやいた。

『大丈夫って、ひまはそればっかだな。ツラいときは言えよ』

強がっているつもりはないのにな。もう少し頼ったほうがいい？

でも好きな人には心配かけたくないから、弱音は簡単には吐けない。

「ツラくないよ。晴くんの声聞いてたら、元気が出る」

『……っ』

「電話、ありがとう」

『俺の声なんかでよければ、毎日でも電話するよ』

「その気持ちだけで十分だよ」

『あー……くそっ』

「どうしたの？」

『……会いたい。声聞くと、余計に』

うん、私も会いたい。会って安心したい。胸の奥にくすぶるこのモヤモヤを、振り払ってほしい。

『熱が下がったら、どっかに出かけよう。来月からはバイトの回数減らせるから、時間取れるようになる』

そう言われて、ようやく胸が弾んだ。

熱は三日ほどで下がったけれど体力が落ちてしまっているせいか、数日間は全身がダルくて仕方なかった。

「ひま、ちょっと痩せた？」

「うん、実は今も食欲が戻ってないんだよね。胃が小さくなったのかな」

「よし、じゃあ今度クレープでも食いに行くか」

「うんっ！　行きたい！」

手をつないで歩く帰り道。久しぶりに触れる晴くんの手は、変わらず優しくて温かかった。この手に包まれると落ち着く。

「あのさ」

「ん？」

急にかしこまって、指先で自分の髪に触れる晴くん。

「公園、寄ってく？」

「俺、まだひまと一緒にいたい」

「いいよ、行こう」

私がそう応えると、晴くんの口元がゆるんだ。森林公園に行き、ベンチではなく芝生の上に座った。

頬を撫でる秋風が気持ちいい。

「ここ、もう少ししたら紅葉がきれいなんだよね。春もね、桜が満開で花びらの絨《じゅう》毯《たん》ができるの」

「へえ」

「私、四季を感じられる場所に来るのが好きなんだ」

「春は桜と四つ葉のクローバーだな」

「え？」

「春になったら、探すの手伝うよ。奇跡の葉っぱ」

「あ、また葉っぱって言った！」

「だって、葉っぱだろ」

「クローバーの奇跡を信じない人の願いは、叶わないんだからね」

「はは、いいよ。今のところ全部叶ってるから」

「公園？」

「うわぁ、そんなセリフ言ってみたい」

スネてみせるとクスッと笑われた。

ドサッと芝生の上に寝転がる晴くん。涼しい風が吹いて、髪をなびかせる。下から
スッと晴くんの手が伸びてきて、私の髪をすくった。

ドキッとしたのは、晴くんが真剣な表情を浮かべていたから。

「ひまの願いは？」

晴くんの手がそっと私の頬に触れると、尋常じゃないほどドキドキした。

「私の願いは……」

晴くんとずっとこうしていられますように……。

一年後も、五年後も、十年後も――。

きみの隣で笑っていられますように。

恥ずかしくて口にできなかったけど、それが今の私の願いだよ。

十月になり制服が冬服になった。

さらに晴くんはイメチェンだと言って、明るかった髪色を黒に近いダークブラウンに染めた。なんだか少し真面目な雰囲気。

前の明るい色も好きだったけど、髪色が変わってから余計に大人っぽくなった気が

する。

「断然、今のほうがカッコいいよね」

「ねー！　ちょっとすれてるところがまたいいー！」

バスの中の女子からの視線も、明らかに増えたような気がする。

出会った頃の晴くんは人を寄せつけないオーラを放っていたけど、今では表情がとても柔らかくなった。優しく微笑む晴くんの顔がすごく好き。

「そういえば、来月はひまの誕生日だな。どこ行きたい？」

「覚えててくれたの？」

「そりゃ覚えてるだろ。行き先、考えといてよ」

「うん！」

楽しみだな。

私がクローバーのヘアピンをつけているように、晴くんも誕生日プレゼントのブレスレットをずっとしてくれている。今でははめていないと落ち着かないんだって。

毎日の出来事を話すのは私の役目。晴くんは相槌《あいづち》を打ちながら、楽しそうに聞いている。そして必ず私の最寄りの停留所で一緒にバスを降りて、マンションの下まで送ってくれた。

晴くんと一緒にいると、手をつなぎながら歩く帰り道が、穏やかな横顔が、どこまでも果てしなく続いている青空が──全部、輝いて見えた。

隣に晴くんがいる日常が当たり前になっていた。バスで会えない日はシュンとしながら帰路につく。ふたりだと一瞬なのに、ひとりだと道のりを長く感じるから不思議。

「今日も送ってくれてありがとう」

あーあ、もう着いちゃった。

早いな、寂しいな。でも、もう少し一緒にいたいなんて恥ずかしくて言えない。

名残惜《なごり》しくてつないだ手を離せずにいると、キョロキョロと辺りを見回して、人がいないか確認した晴くんの顔がゆっくり近づいてきた。

キス、される。直感でそう感じて口元に力が入った。まだ慣れなくてどういう反応をすればいいかわからない。

ちゅっと軽く触れた唇が、甘く胸をときめかせる。キスするときの大人びた晴くんの表情が好き。唇を離すと、恥ずかしいのかプイとそっぽを向いてしまう照れ屋なところも、すごく好き。

しばしの沈黙も、晴くんとなら気まずくはない。

「また明日な」

「うん、ありがとう」

照れくさそうにはにかむ晴くんに、私も笑顔で手を振った。

土曜日の午後、私は美奈ちゃんとの待ち合わせで駅にいた。突然降り出した雨のため、構内は混雑している。

まさか降ると思ってなかったから傘を持ってこなかった。困ったな。

――ズキン。

そのとき突然、頭に電流が流れるような痛みが走った。駅まではゆっくり歩いてきたというのに、それだけで疲れてしまったのだろうか。立っているだけでめまいがしてきて、さらには気温が下がったからなのかぶるっと身震いする。

肩をすくめたとき、スマホにメッセージが入った。

【本当にごめん、ひまちゃん！】

美奈ちゃんから、急な家の用事が入っていけなくなったと、謝罪の言葉が綴《つづ》られていた。

……どうしよう。せっかくここまで来たのに、すぐに帰るのはもったいない気がする。それにまだ頭がぼんやりするし、どこかで少し休みたい。そう思い、向かったのは晴くんのバイト先。

「いらっしゃいませ」

奥のカウンターから佐々野さんが顔を出した。長い髪をひとつに結んで、弾けるような笑顔を見せる。

「雨、大変だったね。寒くない？」

「突然降ってくるからビックリしちゃった。少し寒いけど、大丈夫だよ」

座っていると頭痛が落ち着いてきた。ホットミルクティーを注文して暖《だん》をとる。

佐々野さんはキッチンに立っているけれど、お客さんはちらほら入っている程度で、そこまで忙しいわけではなさそう。

「──佐々野さんって、美人だよね」

「えっ？」

「あ、ごめん、思わず口走っちゃった！」

「あはは、美人だなんてそんなっ！」

「あのね、実は私……ちょっと嫉妬しちゃってたんだ」

話すつもりはなかったのに、するりと口から出てしまい、言ったあとにハッとする。

「ご、ごめんねっ、変なこと言って。でも晴くんが佐々野さんと仲良いの見て、モヤモヤしちゃったんだ」

佐々野さんは驚いたように目を見開いたあと、すぐに優しく笑った。

「そんな必要ないのに。日向くん、いつもひまりちゃんのことばっかり話してるよ？」

「ウソ!?」

「ほんと、ほんと。日向くんはひまりちゃんひとすじだから、自信持って！」

佐々野さんは私の肩にそっと触れた。きれいなだけじゃなくて、優しくていい子なんだな。

「でも私も、前は少しだけ気になってたんだ、日向くんのこと。今は彼氏がいるからちがうんだけど」

どこかぎこちない表情で教えてくれる。私を安心させるためなのかな？　そんなところにも佐々野さんの優しさを感じる。

「あ、私のこと下の名前で、美優《みゆ》って呼んでね。私もひまりちゃんって呼ぶし。ひまりって、かわいい名前だよね！」

「ありがとう。じゃあ美優って呼ばせてもらうね。かわいいだなんて！」

「わーい。あ、明倫に私の友達たくさんいるよ」

盛り上がっているうちに、いつしか雨が上がっていた。雲の隙間から淡いオレンジ色の夕焼け空が覗いている。

「ひまりちゃん、いつもありがとね」

帰り際、叔父さんがニコニコしながら店先まで見送ってくれた。

「それと連絡しておいたから、そろそろ来るんじゃないかな？」

ん？

来る？

誰が……？

「ひま！」

遠くからこっちに走ってくる人が見えた。はぁはぁと大きく肩を揺らしながら、私の前で足を止める。

「は、晴くん？」

なんで？

「連絡もらって、それで……はぁっ」

「やっぱり愛されてるね、ひまりちゃん。晴臣、家まで送ってってあげなさい」

ウインクしながら叔父さんは言うと、晴くんもうなずく。

「わかってるよ、最初からそのつもりだし。つーか、ひまもここにいるって言ってくれれば、もっと早く来たのに」

「あ、ごめん。今日はたまたまなんだ。美奈ちゃんとの約束がなくなったから」

「ふーん……」

どことなくスネたように唇を尖らせる晴くん。

「だったら、余計に連絡してほしかった」

「ごめんね、突然だったからさ」

私たちの様子を叔父さんがにこやかに見守っている。

「行くぞ」

視線に気づいた晴くんが、私の手を取って歩き出した。つながれた手が熱い。

「晴くん、ありがとう」

「え？」

「なんだかいろいろ、私のために」

「は？」

こうしている今も強く思う。

ずっと一緒にいたいって。

どちらからともなく足は自然と公園へ向かう。もうすっかり、この公園は私たちの定番になりつつある。

雨上がりの公園はいつもよりも空気が澄んでいるようだった。

「雨降ってたから芝生も濡れてるね」

「だな。ベンチに座るか」

ベンチが濡れていないかチェックする晴くん。

「端の方はまだ濡れてるけど、真ん中は乾いてるっぽい。詰めれば、ギリふたり座れるな」

詰めれば……。

「早く座れよ」

晴くんはすでに座っていて、なぜか意地悪な表情。

私は身体を縮めながらゆっくり腰を下ろした。すると、必然と晴くんとの距離が近くなって。

「微妙に距離空けるんじゃねーよ」

手を引き寄せられて肩同士がぶつかった。ギュッと絡められた指先。その手は晴くんの膝の上に着地した。

「ひま」

耳元で名前を呼ばれて横目で見れば、男らしく熱っぽい瞳を向けられているのがわかった。

「こっち向いて」

そんなに切なげな声を出されたら、従わずにはいられない。

あ。そう思ったときには唇が触れ合っていた。

「ん」

離れたと思えばまたくっついて、攻めるような勢いでキスが落とされる。

「は、る、くん……っ」

苦しくて息ができない。突き上げるような熱は全身を駆け抜けて、目の前にいる晴くんのことしか見えなくなった。

「あっ」

やがて唇は徐々に下りて、首筋へと移動する。晴くんの髪が頬に当たってくすぐったい。首筋に晴くんの唇が触れているという事実が恥ずかしくて、たまらない。それなのに、もっともっとって……求める気持ちが止まらなかった。

「やべ……止まんねぇ……」

熱に浮かされたような甘い声に、身体の奥深い場所が刺激される。

「晴くん……好き」

「俺も好きだよ」

幸せすぎて涙があふれた。

「これ以上一緒にいると、マジでやばいから。帰るか」

「う、うん」

やだ私、寂しいとか思っちゃった。

もっとずっと一緒にいたい。

ねぇ、大好きだよ。

「――ひまちゃん、具合い悪いんじゃない？」

「え？」

日曜日の朝、リビングに行くと唐突に母親からそんなことを言われた。実は昨日からダルさが続いている。ここ最近もずっと、食欲もなく、ちょっと歩いただけですぐ疲れるようにもなった。

「大丈夫だよ」

私は悟られないように笑みを貼りつけた。いつものように笑えている。だから、なにも問題はない。

「食欲だって落ちているし、一度病院に行きましょ」

「大げさだよ」

「なに言ってるの、取り返しがつかなかったら困るでしょ」

本当は病院に行くのが怖い。ここ数日、私自身もちょっと変だなと思っていた。動悸がして手汗を握る。

この感覚を私は知ってる。

だってそれはまったく、小学五年生のときの症状と同じだったから。

「病院で検査してもらいましょ」

「嫌……」

無意識に口から出た言葉。

やだ、怖い……。

けれども翌日、学校を休んで半ば強引に母親に大学病院へと連れて行かれた。そこはバスと電車を乗り継いで、自宅から一時間ほどかかる場所にある。

簡単な採血《さいけつ》を終えて待っていると、名前をアナウンスされた。

診察室には小学生のときからお世話になってる主治医の先生。深刻そうな表情を浮かべている。

「採血結果なんですが」

悪いことを言われるのだと直感でわかった。嫌、聞きたくない。

「──白血球の数が異常に低下しています。血小板《けっしょうばん》の数値も下がってますね」

ドクン、心臓がナイフで貫かれたかのような衝撃だった。

ウソだ、そんなの、絶対にウソ。

「そ、それは、再発ということですか？」

隣で母親のうろたえる声がした。

「それを調べるために、今日から入院して詳しい検査をしましょう」

にゅう、いん……？

うまく息ができない。吸っているはずなのに、苦しくて苦しくて、胸の痛みが収まらない。

なんで……？

どうしてこんなことになったの……？

自問自答したって答えなんか出るはずもなく、呆然としているうちに着々と入院の手続きが進んでいった。一時帰宅も許されず、まだ実感が湧かない。

「ひまちゃん、なにか持ってきてほしいものはある？」

すぐに帰れるんだよね？

そんなに長引かないでしょ？

私、なんともないよね？

「ひまちゃん？」

「え？　あ……」

「とりあえず、検査入院で一泊するだけだから、そう思いつめないで。ね？」

「うん、わかってる……」

そうは言っても不安はぬぐえない。

動揺していて笑える余裕なんて今はない。先生のひとことで一気に暗闇に落とされた気分。

それでもまだ期待を捨てきれない。きっとなにかのまちがいだ。なにもないに決まってる。

それなのに……。

ありえないほどの恐怖が胸を支配していた。

それからどれほど時間が経ったんだろう。気づくと、病棟のカンファレンスルームにいた。そこには血相を変えたお父さんの姿もある。

長机の前で複雑な表情を浮かべる先生の姿。私は緊張して、身体が固まったまま動かない。バクバクと鼓動が波打って、変な汗が全身を伝う。

「そ、それで、あの、ひまりはいったい……」

重苦しい沈黙の中、しびれを切らしたのかお父さんが口火を切った。

「率直に申し上げますと、再発している可能性が高いです」

それはまるで死刑宣告だった。顔から血の気《け》が引いて、気が遠くなるような感覚だ。

ウソだよ、そんなの！　ウソであってほしい。

お父さんや母親がなにか言っていたような気がするけど、耳に入ってこない。ただ、再発したという事実だけが頭にあった。

「半年前の検査ではなにも異常がなかったのに、どうしてそんなっ……！」

お父さんはショックを隠しきれずに頭を抱えてうなだれた。それを母親が隣でなだめる。

身体が小さく小刻みに震え、止めようとしても止まらない。

しっかりしろ、私。

崩れ落ちそうな精神状態の中、私は必死に自分を奮い立たせた。


夜、病院のベッドに入っても眠ることはできなかった。

時計を見ると三時を過ぎている。なかなか寝つけず、起き上がり、薄暗い廊下を歩いてトイレに向かうことにした。

こんな時間だというのに、なぜか病棟内はバタバタと慌ただしく、看護師さんが往来している。

「ひっ!」

廊下の隅にポツリと人影があって、思わず叫びかけた。両手で口元を押さえてグッとこらえる。

ゆ、幽霊……?

バクバクしながらゆっくり歩を進める。どうやらそこにいたのは人のようだ。スマホを耳に当てて電話している。

「はい……っうっ、たった今、息を引き取って……。とにかく、早く、来て、くださ い……っ」

心臓がヒヤリと凍《こご》えた。

息を引き取った……。

そう言った？

死んじゃったってことだよね……。

病院だ、なにがあってもおかしくはない。

だけどこんなに身近に、そんなことがあるなんて。

ピタリと足が止まって、その場から動けなくなる。非常階段の電灯に照らされた男性の顔は、涙でぐちゃぐちゃだった。

二十代くらいの若い男性は、壁に寄りかかりながらずるずるとその場に崩れ落ち、声を殺して泣いていた。

知らない人であっても、心苦しくなる。

「なんで……なんでだよっ……結婚しようって、約束、したのに……っ」

むせび泣く声に胸が張り裂けそうだった。あまりにもツラくて、よろめく足取りで部屋に戻る。

「はぁはぁ……」

心臓が冷たい。不安と焦燥《しょうそう》でバクバクしている。

あの人はきっと恋人を亡くしたんだ……。

布団に潜《もぐ》って目を閉じる。全身がカタカタと震えて止まらない。

泣きたくもないのに涙が浮かんで、次から次に頬に流れた。

そんな現実から逃げたくてスマホを開くと、晴くんからメッセージが届いていることに気づいた。

何気なくタップしてメッセージを開く。

【おーい、寝坊かー？】

時間を見ると朝に届いてたようだ。病院に来てからあっという間に時間がすぎて、不安でいっぱいでスマホの存在を忘れていた。

【とりあえず今学校から帰ってきた。帰りもバスにいなかったけど、大丈夫か？】

きっと心配させている。

「ふっ、うっ……」

画面が涙でボヤけて見える。

私が死んだら……どうなるの？

朝になって母親が迎えにきても、どこかでまだ現実を受け入れられない私がいた。

全部夢だったんじゃないか。でも、昨日の男性の泣き声がやけにリアルで、頭から離れない。それに目覚めたら病室だったから、ガッカリした。

これは夢じゃない、夢なんかじゃ……ない。現実なんだ。嫌でもそれを思い知らされた。ちゃんとした検査結果が出るまで気が気じゃない。

「帰ろうか」

「うん」

「………」

眉を下げた母親の顔。そんな目で見ないで。私はかわいそうな子なんかじゃない。

「なに？」

「ううん、なんでもないの。ただ、大丈夫かなって」

「大丈夫だよ」

「そう？　だったらいいの。でもツラかったら——」

「いいから、早く帰ろう」

ひとりになりたい。同情なんかされたくない。わかってもらいたいなんて思っていない。

家に着いて部屋に引きこもっていると、ドアをノックされた。

「ひまちゃん、夜ご飯食べられそう？」

「いらない」

「でも、なにか食べなきゃ体力が。お昼も食べてないんだし」

「ほっといてよ！」

そう言って布団に包《くる》まった。早くどっか行って。私に構わないで。私の気持ちなんて、誰にもわからない。

もう疲れた……。

笑えない。

もう嫌だ。

なんで私なの？

「っ……うっ……」

こらえきれなくなって涙があふれた。

人間はみんな平等だなんて言うけれど、そんなのはウソ。

世の中は不公平だ。

翌日の火曜日。学校へ行く気になれない。でも家にいるのも嫌で、重い身体を起こしてノロノロと制服に着替えた。リビングに行くとお父さんと母親が、驚いた表情をみせる。

「ひまり、無理して行く必要はないんだぞ」

「そうよ、ひまちゃん。今日くらいは休んで」

「大丈夫だよ」

どう？　渾身《こんしん》の笑顔は。うまく笑えたはずだ。そうでもしないと崩れ落ちそうになる。

「だって、次いつ学校に行けるかわからないし」

ふたりはなにも言わなかった。だけど私の笑顔に納得したわけでもなさそうだった。困ったような表情で顔を見合わせ、しぶしぶ私の言い分を認めてくれた。

バス停に行くまでに時間がかかり、いつものバスに乗れなかった。おそらく私が学校に通えるのも今週いっぱいになるだろう。

治療が始まれば次はいつ通えるか見当がつかない。そもそも完治するのかもわからない状況だ。

いつもの時間のバスに乗り遅れたことを晴くんにメッセージした。するとすぐに既読がついて返事が返ってくる。心配させたくなくて、昨日も今日も寝坊したってことにしておいた。

【立て続けに寝坊なんて珍しいな。帰りは会える？】

「……………」

【俺は会いたいよ、ひまに】

晴、くん……。

治らなかったら……私はどうなるの。

死んじゃうのかな、あの男性の恋人のように……。

そしたら晴くんはあんなふうに泣くの？

ギュウッと胸が締めつけられる。

「うっ……」

見たくないよ、そんな姿。

私は死なない。死んでたまるか。治るよ、治るに決まってる。

だって、治らなかったら……。

もう二度と晴くんに会えなくなる。それだけは嫌だ。

ジワッと涙が浮かんだ。

晴くんに会えなくなったらどうしよう。

私は、どうすればいい……？

晴くんの悲しむ顔は見たくないよ。心配かけたくない。迷惑かけたくない。好きだから重荷にはなりたくない。

どんな顔で会えばいいのか、わからない。

きっと顔を見たら泣いちゃう。

でも、晴くんに会いたい気持ちの方が強い。

一時間目が終わった頃を見計らって教室に行くと、苑ちゃんが駆け寄ってきた。

「ひまり、おはよう。体調よくなった？」

「おはよう。うん、大丈夫だよ」

よかった、まだ笑える。

そんなことにホッとしつつ、席に着いて授業の準備を始めた。

その日の放課後、誰もいなくなった教室でひとりぼんやりしていた。晴くんに会いたいけれど会いたくない。複雑な心境で今日一日をすごした。朝はあんなに会いたいと思っていたのに不思議だ。待ち合わせしているわけではないけど、晴くんが乗っているであろうバスの時間に合わせて学校を出る気になれなくて、気づけば辺りはオレンジ色に染まっている。

最終下校時間が迫っているから、そろそろ帰らなきゃ……。

検査結果も出ていないのに、いつまでもこんなに暗い気持ちのままでいてはいけない。それはわかっているけど、漠然とした不安が胸にある。どうしても消えてくれなくて、悪い方向にばかり考えてしまっている。

ダメダメ、しっかりしなきゃ。結果が出たらはっきりするんだから、落ち込んでたらダメ。

そう言い聞かせて教室を出た。

停留所に行くと、バス停の近くに晴くんが立っていた。

「ひま!」

「晴くん……どうして?」

ぎこちない私を見て晴くんは不安そうに眉を下げた。

「心配で、ずっと待ってた。まだ顔色も悪そうだな。大丈夫か?」

「季節の変わり目だから体調が安定しなくて。ごめんね」

「いや、謝る必要ないよ。とりあえず、会えてよかった」

心底ホッとしたのか、晴くんの口元がゆるんだ。

「ごめんね……」

「ひまの顔見れただけで、俺は満足だから」

私の気持ちを全部察してくれているらしい晴くんにニッコリ微笑まれ、小さくうなずくことしかできなかった。さっきまで会いたくないと思っていたのに、会うとうれしいと思ってしまう。

「今週の日曜日は空けとけよ」

「え、どうして？」

「どうしてって、十一月六日はひまの誕生日だろ。でも六日は平日だから、日曜日にふたりで祝おうぜ」

そっか、誕生日……。いろんなことがあったせいで、すっかり頭から抜け落ちていた。白血病のことがなければ、日曜日が待ち遠しくて仕方なかったはずなのに、どうしてこんなことになってしまったんだろう……。


「いいよ、今日は送ってくれなくて。もう遅いから、早く帰って？」

晴くんは私の停留所で降りようと、スクールバッグから定期を取り出す。

「もう少し一緒にいたいんだよ」

伏し目がちにつぶやく姿に胸がキュンと締めつけられた。

「俺がいつもひまと一緒に降りるのはさ」

わずかに顔を上げたあと、真剣な目で見つめるのはずるいよ……。

「もちろん帰り道が心配ってのもあるけど、それだけじゃなくて。俺がひまと少しでも一緒にいたいから……つったら、引く？」

ほんのり赤くなった晴くんの顔。気まずいのかパッと目をそらされた。

「引かないよ……」

引くわけないじゃん。うれしいに決まってる。でもそのぶん、胸が苦しくて息ができなくなる。

「じゃあいいだろ」

「え、あ……」

私の負けだ。だって本当は私も晴くんといたいから。きっと私のほうが晴くんに会いたかった。だからそう言われてうれしかった。

もっともっともっと……一日が長ければいいのに。

見上げた空は薄暗くて、ところどころにオレンジ色と紺色が混ざっていた。哀愁《あいしゅう》が漂っていて、なんだかすごく泣きたくなった。

家に帰るとなぜか母親と、仕事に行ってるはずのお父さんが帰宅していた。

お父さんの目が真っ赤に充血《じゅうけつ》しているのを見て、嫌なほうにカンが働く。

「ひまり、話があるんだ」

ゴクリと唾《つば》を呑み込み、ゆっくり息を吐き出す。気づくと握りしめた拳が震えていた。

「気をたしかに聞いてくれ。再発は……まちがいないそうだ。先生からは今すぐにでも入院してもらって、抗がん剤治療を開始したいと言われたよ」

「……っ」

「だから……明日から、入院しよう。ごめんな、ひまり……っ」

お父さんの目が潤んでみるみる涙が溜《た》まっていく。小学生のときに見た光景と同じだ。

「でもきっと、治るから……っ。がんばろう、お父さんもひまりのそばにいるから」

どれだけツラくても私は泣いちゃいけない。だから歯を食いしばって耐えた。

「大丈夫だよ……お父さん。でも、入院は来週の月曜日まで待って……お願い」

「ダメだ……っ。ひまりの身体が白血病細胞に侵されているかもしれないって考えたら……今すぐにでも――」

「お願い！　……会いたい人が、いるの」

「ひまちゃん！」

「お願いします！　お願い……」

「わかった……ひまりがそこまで言うなら……」

最後は私の粘《ねば》り勝ちだった。部屋に戻ったあと、ずるずるとベッドに座り込む。じわじわと迫りくる恐怖。

なにもやる気が起きない。それからどれくらいぼんやりしていたのかはわからないけど、気づけば夜が更《ふ》けていた。

土曜日はまるで廃人《はいじん》のように一日中ベッドの上ですごした。

目を閉じると浮かんでくるのは晴くんの顔。会いたい、今すぐに。声が聞きたい。

ギュッとしてほしい。優しく髪を撫でて、笑いながら「ひま」って呼んで。

「うぅ……っは、る、くん……っ」

抗がん剤治療って髪の毛が抜けるんだ。食欲もなくなって、まともにご飯が食べられなくなる。副作用が苦しくて、毎日吐いてばかり……。

それにね、抗がん剤が効かなかったら……いつまで生きられるかもわからない。

もし、本当に死ぬようなことになったら……。

病院で号泣《ごうきゅう》していた男の人の姿がよみがえる。

私のせいで傷ついてほしくない。

晴くんを苦しめるくらいなら、離れる覚悟だって……。

ピロリンとスマホが鳴った。晴くんからだ。

【明日は楽しみだな。十一時に迎えに行くよ】

涙で文字がにじんだ。

次の日、約束通り晴くんがマンションまで迎えにきた。私はブラウン系の長袖のロングワンピースの上に、サテン生地の短めのジャケットを羽織って、髪をハーフアップでまとめた。晴くんにもらったヘアピンは、今日はつけていない。

昨日無理して固めた決意が揺らがないようにするためだ。ツラい選択だけど、晴くんのためだから。

晴くんは白いシャツに黒のデニム、グレーのテーラードジャケットを羽織っている。雑誌の中のモデルのようにスラッとしていて、思わず目を奪われた。

「どこ行くか決めた？」

「うん。森林公園がいい」

「森林公園？」

怪訝そうに眉を寄せる晴くん。

「私の好きな場所でいいって言ったでしょ？」

「いや、まぁ、いいけどさ。誕生日だろ？　もっと思い出に残るような場所に――」

「いいの。森林公園に行きたい」

「わかったよ、頑固者《がんこ》」

「ふふ、ありがとう」

ごめんね……ごめん、なさい。

「で、なにがしたいんですかね。ひまりさんは」

「ボーッとしよう」

公園の広場に着くと、そう言って芝生の上に大の字で寝そべった。手足を伸ばして、空を見る。

「空がきれいだよ、晴くん」

「変なヤツ……」

「今頃気づいたの？」

「………」

横に影が落ちてそっと触れる指と指。たまたま当たったのかと思って離そうとすると、ギュッとつかまれた。ドサッと寝そべる音がして、近づく顔と顔。

チラッと隣を見ると照れたような横顔があった。しかも近いところに。

ふたりで芝生に横たわって見上げた空がとてもきれい。この空を見ていると、なにもかも忘れられる。

このまま時間が止まればいいのに。

なんて、叶わない願い。

晴くんの隣にいたかった。

でも晴くんは、先がわからない私なんかと一緒にいても、幸せにはなれない。

ごめんね……。

私はきみの笑顔を守りたい。

今日で最後。今日が最後。

「ねぇ、晴くん」

「ん？」

「もう会わない……」

「え？　なんて？　よく聞こえなかった」

身体ごとこちらを向いて、青空を背に優しく笑う晴くん。肘枕《ひじまくら》で頭を持ち上げ、私を見下ろす。その顔が、たまらなく好き。

「なんかあったんだろ？」

えっ……。

「最近っていうか、先週からずっと様子がおかしいから、気になってさ」

ざわざわと木々の葉っぱが揺れる。快晴の空に色づく真っ赤な紅葉。とてもきれいなはずなのに、どうしてかな、その光景がとても寂しい。

「……っ」

晴くんの手が私の頭を撫でた。その温もりにほだされて、喉元まで本音が出かかった。

好き……。

でも、ギリギリのところで理性が押しとどめる。

「もう会わない」

重なった手に力がこめられて、晴くんの目を見ていることができなくなった。

「は……？」

晴くんの声がかすかに震えた。眉間に刻まれたシワが徐々に濃くなっていく。

「いや、意味わかんねぇ。どういう意味？」

「言葉通りの意味だよ」

「どうしたんだよ、いきなり」

困惑気味の晴くんの顔が見られない。

「ごめん、ね……っ」

「俺がなにかしたんなら謝るから、そんなこと言うなって」

その言葉を聞いてどうしようもないほど泣きたくなった。今すぐその胸に飛び込みたい。優しくギュッと抱きしめてほしい。好きだよ、大好きだよ。

気を抜くと涙がこぼれそうになる。晴くんが好きだと心が叫んでいるんだ。でも口にすることはできないからグッと呑み込む。

喉の奥がツンとして、胸が張り裂けそう。とっさに下を向いて顔をそらした。

「ひま？」

「……い」

「え？」

「もう……好きじゃ、ない」

えぐられるように胸が痛んだ。

「だから……ごめん」

「冗談……だよな？」

切なげに揺れる瞳。今にも泣き出しそうな晴くんの顔を見ていられない。

「ちゃんと俺の目を見ろよ」

まっすぐな晴くんの言葉が胸を揺さぶる。

唇を噛んで、涙を無理やり引っ込めた。しっかりしろ、私。今この瞬間だけは演じるんだ。顔を上げると、悲しそうに顔を歪《ゆが》める晴くんの姿があった。

その目を見据えてもう一度告げる。

「好きじゃ……ない」

「な、んで……意味、わかんねぇ」

「他に好きな人ができたの……だから、晴くんとは終わりにしたい」

「は……？」

「ごめん、なさい……」

もう無理、我慢できないよ。身体を起こして立ち上がり、場を離れようとする。晴くんが私の腕をつかんだ。

「好きだ……ひま」

「……っ」

身体の向きを返され、真正面からギュッと抱きしめられる。

背中に腕が回されて晴くんの胸に顔を埋めた。ほしかった温もりに、涙がひと粒こぼれ落ちる。

熱くて、切ない。そんな涙。

「晴くん、ごめん……無理、だよ」

「……っ」

「離して……」

傷つけることでしか離れられない私を、許さなくていい。だからどうか、早く忘れて。とことん嫌って。それが私の願い。

「晴くん、お願い、離して……」

胸を両手で押すと、晴くんの身体は簡単に後ろに弾かれた。うつむいてるので、顔は見えない。

「バイバイ」

ごめんね……。

もう二度と会うこともない。

だからしっかり晴くんの姿を目に焼きつけておく。

さよなら、大好きな人。

「待てよ……せめて、これ……受け取って」

追いかけてきた晴くんは、ジャケットのポケットからきれいに包装された箱を差し出した。

「誕生日、プレゼント……こんなことに、なるなんて思ってなかったから用意してた」

「いらない……」

「だったら、捨ててくれていいから」

「いらないってば！」

こらえきれなくなって、思いっきり突っぱねった。その拍子にプレゼントの箱は晴くんの手から離れ、飛んでいく。

「あ……」

どう、しよう……最低だ、私。完全に嫌われた。いや、それでいいんだ、それで。

でも、苦しいよ。

傷ついたような晴くんの顔を見ていたくなくて、私はとっさに駆け出した。

「ふっ、うぅっ……っ、ひっく」

次から次に涙が出てきて止まらない。もう二度と晴くんに会えない。ひどいことをしたんだ、もう私に笑いかけてくれないだろう。

これでよかったはずなのに……胸が張り裂けそうなほど苦しくて。

帰ってからはベッドに潜り込んで思いっきり泣いた。涙が枯れるんじゃないかってほど泣き続けて、気づくと涙と鼻水でぐちゃぐちゃだった。

どうして、病気になるのが私だったんだろう……。

なんでこんな目に遭わなきゃいけないの。

ぶつけどころのない怒りが胸に渦まく。

ずっと晴くんの隣で笑っていたかった。

入院して一週間が経った。抗がん剤の影響で食欲がなくなり、一週間で五キロも痩《や》せてしまった。

「おぇっ……はぁ、はぁ」

苦しくてうまく息ができない。吐くものなんて胃の中にはないのに、吐き気が収まらない。ムカムカして気持ち悪い。

「ひまちゃん……大丈夫？」

「……っ」

大丈夫なわけ、ないよ。でも弱音は吐きたくない。耐えてみせる。まだ諦めてなんかいない。絶対に元気になってみせるんだから。

「ツラいなら、頼ってくれていいのよ？」

「だい、じょうぶ……」

背中をさすってくれる母親の優しい手のひらに、涙があふれそうになった。そういえば、小さい時、お母さんの手もこんな感じだったな。

優しかった、ものすごく。懐かしさがよみがえって、胸が痛む。

「それより、今日はもう帰って……？　あきくんのお迎えの時間でしょ？」

「ひまちゃんはそんなこと気にしなくていいの。ずっとそばにいるわ」

「いいから帰って！　ひとりになりたいの、毎日来てくれなくていいから」

卑屈な言いかたしかできなかった。笑顔を浮かべる余裕もなくて、頭から布団をかぶる。

「ごめんね……」

悲しそうな声でそう言うと、母親は病室を出て行った。パタンと閉まる無機質なドアの音。

我慢ができなくて涙がこぼれ落ちた。

完全な八つ当たり。こんな自分が大嫌い。

どうしてもっとうまくやれなかったんだろう。普段の私ならできることが、今は余裕がなさすぎて……。

ベッドからそっと下りて棚の引き出しを開ける。中には四つ葉のクローバーの栞。

手に取り、再びベッドに横たわった。胸に抱いていると安心感が広がって落ち着いてくる。入院してからここ最近あまりよく眠れていなかったけど、疲れがピークに達していたせいかこの日は眠ることができた。

看護師さんがカーテンを開ける音で目を覚ますと、すでに太陽は高い位置にあり、窓の外には真っ青な空が広がっていた。

青空を見ると晴くんを思い出して胸が痛む。

ベッドテーブルの上のクローバーのヘアピンを手に取った。

会いたい……。

何度そう思ったかな。

会えない。会えるわけがない。あれだけ傷つけておいて、なに都合のいいこと考えてるの。

弱気になっちゃダメ。強くならなきゃ。

一日中ぐるぐる思考が巡ってまとまらない。大丈夫だと思っても、すぐ暗い方に気持ちが傾く。

ぐるぐるぐるぐる、同じことの繰り返し。いつまで考えたら、答えが出るのかな。

翌日。鏡の中の私は生気がなくて青白い顔をしていた。

乱れていた髪の毛を整えようとしたら、手に髪が絡みついた。ごわっとした変な感覚。そーっと引き抜くと大量の髪が一緒にまとわりついてきた。

「い、いや、ウソ、でしょ……」

わかってた。抗がん剤の副作用でこうなるってことは。でも、突きつけられた現実に全身がカタカタと震える。涙が一気にあふれて頬に流れた。

せっかくここまで伸びたのに、また全部抜けちゃうんだ。嫌だ。誰にも見られたくないよ、こんな姿。

涙が止まらなくて、慌ててベッドに潜り込む。布団の中で身体を小さく丸めた。迫りくる恐怖に耐えながら、けれど涙はいつまでも止まらない。

目が腫《は》れぼったくて、布団のシーツの上にも髪の毛のザラザラとした感触がする。

起き上がると髪の毛がシーツの上にごっそり落ちていた。

「――どっちもね、ひまちゃんに似合いそうだと思って買ってきたのよ。ほらほら、かぶってみない？」

「それを選ぶ母さんの顔、めちゃくちゃ真剣だったんだぞ。ははは」

窓の外はビューッと強い木枯《こが》らしが吹いている。冬本番、ガタガタと揺れる窓を虚《うつ》ろな目で見ていた。

「ねぇ、ひまちゃん。これはどう？」

顔を覗き込まれ、ゆっくりと視線を移す。そこには淡いピンク色のニット帽。私の髪は、きれいさっぱり抜け落ちてしまい、鏡を見るのが苦痛だ。

無理して笑って、明るくしようとしている両親の目の奥が悲しげに揺れている。

「あ、このモコモコ靴下はね、晶がひまちゃんに似合う柄を選んだのよ」

「そうだよ、僕、がんばった！」

「へぇ、そうなんだ」

笑おうとしても口角が持ち上がらない。顔の筋肉が全部抜けてしまったかのよう。

私の反応を見て、両親は困ったような表情を浮かべた。

「ひまり、ツラいか？」

ツラいか、だなんて。

「大丈夫だよ」

そう言いながら手の力がゆるんで、持っていた栞を床に落としてしまった。

「ひまちゃん、なにか落ちたわよ」

「さ、触らないで！」

重い身体をベッドから持ち上げ、屈もうとしたときにバランスを崩した。全身を床に叩きつけられ、鈍い痛みが襲う。

「ひまり！」

「大丈夫か!?」

「……て」

「え？」

「帰って……！　お願いだから、ひとりにしてよ」

優しくされると苦しくなる。

無理に笑わないで。

泣きそうな顔、しないでよ。

泣きたいのは、私のほうなんだから。

床に転がったまま栞を胸に抱いて、キツく目を閉じた。

第五章　きみは私の光

「はーる、おい、晴ってば！」

背中を思いっきり叩かれ、前のめりに身体がぐらつく。

放課後、やる気が出なくて窓の外をぼんやり眺めていた。あの日からまるで時が止まったかのように、なにをしていても実感がない。

「ぼんやりしすぎだぞ。なんかあったのかよ？」

無邪気な笑顔で顔を覗き込んでくる歩。

「ま、なんもなくてもおまえはいつもぼんやりしてるか」

いつもならムキになって言い返していた。でも、今は全てがどうでもいい。反論しない俺を見て、キョトンとしている歩は「マジでどうしたんだよ」と首をかしげた。

歩をスルーして机に伏せる。

だけど気配は消えなくて、なにか言いたそうにしているのが伝わってきた。

今は誰かと話す余裕なんてない。一日中授業が手につかなくて、内容なんてこれっぽっちも頭に残っていない。

だらだらと毎日を適当にすごすだけの日々。喜怒哀楽といった感情がごっそり抜け落ちている。

『心がマヒしちゃってたの』

いつだったか、ひまが言ってた言葉を思い出した。心がマヒするって、こういうことをいうんだな。なにも感じない、なにも。悲しいくらいに。

バスに乗っていると、無意識にひまの姿を探してしまう。ひまが使う停留所が近づいてくるたびに、そわそわして胸が痛む。会いたいのに、会いたくない。顔を見るのがツラい。嫌でも現実を突きつけられるから。

ただ、あの日からひまを見かけなくなった。

避けられてるってことを、この一週間で思い知らされたのに、それでも探してしまう。っていうか、俺、どんだけ未練がましいんだよ。ひまには他に好きなヤツがいるのに……。

なにがダメだったんだ。知らないうちに傷つけていたのか。いくら考えてみてもわからなかった。ただ、本気で俺から離れたがっている、ひまの真剣な気持ちだけは伝わってきた。

あの日……震えてたあいつ。唇を結んで、必死に涙をこらえているように見えたのは、俺のカン違いだったのか。

「なに暗い顔してんのよ、あんた」

家に帰ると姉ちゃんが話しかけてきた。

「振られた……」

「女って、なんで突然……わけ、わかんねーよ」

くそっ、こんなこと言うつもりなんてなかったのに。絶対にいじられて笑われる。

「……ふーん。もっと詳しく話して」

「えっ？」

「詳しい状況を教えろって言ってんの。恋愛経験豊富なあたしが聞いてやるから」

誰かにすがらずにはいられなかった。それがたとえ苦手な姉ちゃんでも、俺には救いに思えた。どんだけ落ちてんだよって、自嘲《じちょう》気味に笑う。でも、もうどうにでもなれ。

「で、振られたのはいつ？」

「一カ月ちょっと前……他に好きな男ができたって」

「他に好きな男ができた、ね」

「これまでそんな素振りなんて、一切なかったのに」

「あたしにもはっきりしたことは言えないけど、あたしが男を振る場合、そうやって振るのが一番手っ取り早いからそうするわ」

「………」

「たとえ他に理由があったとしても、それをはっきりと相手には伝えない。もう好きじゃないって言ったら、たいていの男は引き下がるからそうしてるの」

「なにが言いたいんだよ？」

「ひまりちゃんの言葉が、真実だとは限らないってことよ。あんたは真正面から受け止めて気にしてるみたいだけど、本当にそうなのかなって、自分の頭で一度でも考えたことある？」

「なんだよ、それ」

「ここ最近のあんたに対するひまりちゃんの態度や言動に、おかしいところはなかった？　要は他に好きな人がいるように見えたかってこと」

「そんなの、あるわけないだろ」

自惚れかもしれないけど、誕生日に誘ったときもうれしそうな顔をしていたように思う。それなのに突然、誕生日になって……振られた。だからこそ、わからないんだ、ひまのことが。

「ってことは、ひまりちゃんはウソをついてるかもしれないわね」

「なんで、そんなこと……」

「それはあたしにもわからないわ。ま、この先はあんた次第だね。まだ好きならぶつかってみてもいいんじゃない？」

俺、次第……。

もしも、ひまが別れを告げた理由が他にあるのなら……。俺はその真実を聞くまで納得できそうにない。

「っていうか、あんたは自分でなにかしたの？　振られて落ち込んでるだけじゃ、大切な人は戻ってこないよ？　本気で好きなら、なりふり構わず突っ走るしかない。そうしなきゃ、ひまりちゃんは戻ってこない。あたしが言えるのはここまで」

「あ、おい……」

ひとの返事も聞かずにスタスタと階段を上っていく。

なんだよ、いったい。

どうすればいいんだよ……。

なりふり構わず突っ走るなんて、俺らしくない。今まで本気でなにかをしたこともなければ、誰かに執着《しゅうちゃく》したこともない。

だけどひまを想うと苦しい、会いたい……。

ずっとそばにいるなんて言っておいて、振られたくらいで落ち込んで……情けないヤツだな、俺は。

翌日、俺は明倫高校を訪れていた。制服姿で校門前に立っているせいか、かなり注目されているのが周りの空気から伝わってくる。

近くにいた女子たちが、こちらを見ながらヒソヒソとなにかを話している。いたたまれなくなり、視線を避けるように背を向けた。

その後もひたすらひまの姿を探したけど、一時間経っても出てくる気配はなかった。

もう帰ったのか？

それとも俺がいることに気づいて、裏口から出た？

本気で避けられてんのかな……。

次の日もその次の日も、会えることはなかった。朝のバスの時間帯をずらしても、バス停で待ち構えていても、ひまの姿は一向に見かけない。メッセージをしても既読がつくことはなく、ブロックされているのか。もしかしたら、いや、そうでなくても完全に嫌われたのかもしれない……。


「あ、おまえ！」

「げっ！」

「げってなんだよ、失礼なヤツだな」

二学期の終業式、校門から出てきた見知った女子に声をかけた。相手は驚いた顔で俺を見つめている。

「ごめん、条件反射よ」

「悪かったな。いきなり声かけて」

分厚いコートの肩からポニーテールがさらりと流れ落ちる。意志の強そうな瞳、たしかひまの友達の、苑子とかいうヤツだ。

「いいよ、私も日向くんと話したいと思ってたから」

「は？　え？」

「ここだと、ね？　ちょっと場所移動しよっか」

「あ、ああ」

わずかに動揺する俺に対し、目の前の女子はどこか悲しげで、重苦しい雰囲気をまとっている。その様子に妙な違和感を覚えた。

木枯らしが吹き荒れ、寒さが増していく。冷たい風に身を震わせながら無言で、生徒のいない校舎の隅に移った。

「ひまりのことで来たんでしょ？」

俺はゆっくりうなずいた。

「やっぱり……。日向くんにも、なにも言わなかったんだ」

ポツンとつぶやかれた声には、悲しみの色がにじんでいる。

「ひまりね……一カ月前から学校に来てないの。いきなり休学届出して、ずっと休んでる」

「学校に、来てない……？」

まったく予想だにしていなかった返答に面食らう。てっきり避けられているもんだとばかり思っていた。でもそれは、俺のカン違いだった……？

「一カ月前からって、どういうことだ？」

「それが私にもわからないの。いくら先生に聞いても家庭の事情としか言わないし、電話しても電源が入ってなくてつながらないし。メッセージも既読がつかないんだ」

「な、んで……？」

「もしかしたら……ひまりは――」

ひまの友達は目を真っ赤にして、静かに涙をぬぐった。俺が思っていた以上に事態は深刻なのかもしれない。

いったいなにが起こってんだよ。

心臓の辺りがギュッと苦しくなって、思わず手を当てる。このまま会えないなんて、絶対に嫌だ。

――『身体の中の白血病細胞が死んだの。でも、すべてが死滅したかどうかはまだわからなくて……二年以内に再発するケースもあるみたい』

――『大丈夫だよ。再発もしなかったし、もうすぐ四年が経過するから』

どうして今になってそんなことを思い出すんだ。

まさか、いや、でも。そんなはずはないと思いたいのに、不安に押しつぶされそうになる。動揺を隠せないまま、ひまの高校をあとにした。

その帰り道、ひまの高校の最寄りからバスに乗ると、歩に出くわした。

「あれ？　なんで晴がここから乗ってきたんだ」

「ほっとけよ」

「おまえさ、ひまりちゃんとなにかあったのか？」

「なにがだよ」

「いや、おまえがダメージ受けるのってひまりちゃんのことしかないじゃん。それに、最近ひまりちゃん全然見かけないしさ。今日だって、明倫まで行って待ってたんじゃないの？」

「…………」

歩は鋭いから、へたなウソをつけばすぐに見抜かれてしまう。なにも言えずに黙り込んでいると、肯定《こうてい》と捉えたのか、歩は深刻な表情を浮かべた。

「お前の親友として俺は心配してるんだよ」

「ほっとけって……言ってんだろ」

「いーや、ほっとけないね。ここまで落ち込んでる晴は初めて見る」

「……っ」

「振られて落ち込んでるんだろ？」

こうもズバズバ当てられてしまうと、なにも言い訳ができなくなる。

「どうすれば、いいんだよ」

バカだな、歩に聞いたってわかるわけがないのに。まだはっきりそうだと決まったわけではないひとつの可能性に、うろたえまくりの情けない俺。

「好きなんだろ？　ひまりちゃんのこと」

「ああ、好きだ」

そこだけは誰になにを言われても揺らがない。自信を持ってそうだと言える。

「だったら、そんな顔すんなって。なりふり構わず、ひまりちゃんにぶつかるしかないだろ」

「けど……」

どこにいるかもわからない。連絡さえ取れないんだぞ。なんて、そんなのは言い訳だ。

俺はただ、真実に向き合うのが怖いだけ。だけどここで弱腰になってたら、ひまは俺の元へは戻ってこない。

このまま会えなくなるのは嫌だ。会ってもう一度ちゃんと話がしたい。

「男だったら覚悟を決めるんだな。傷ついてもいいって」

「覚悟、か」

歩の言葉は胸にスッと入ってきて、心の奥底にある芯《しん》を激しく刺激した。

ただ嘆《なげ》いているだけではなにも変わらない。傷ついたって、ボロボロになったって、俺はひまが好きなんだ。強くなろう、そして、もう一度ちゃんと向き合うんだ。


翌日、俺は駅にいた。今日はより一層冷え込みが厳しく、ときどき吹く風に身を縮めながら電車を待った。会える保証は一切ない。だけどじっとしていられなくて、以前ひまが病気について話してくれたときに聞いた〝大学病院〟に向かっている。

本音を言うとすごく怖い。ひまが病気かもしれないだなんて。考えるだけで立っていられないほどの恐怖。足取りだって重い。

でも、ひまに会いたい気持ちの方が強かった。

＊＊＊

テレビをつけると、クリスマス特集が流れていた。どこのディナーが美味しいだとか、今年のクリスマスプレゼントの売れ筋ランキングだとか、イルミネーションの様子だとか、街中が浮き足立っている。

再発していなかったら、晴くんと一緒にすごしていたであろうクリスマス。イルミネーションを見たり、ケーキを食べたり、プレゼント交換だってしてみたかった。叶うことのない願いに、じんわりと涙が浮かんだ。

今日は朝から検査だった。背中に太い注射針を刺されて、思わず涙が出て、歯を食いしばる。痛みを伴う検査は精神的な負担もあり、検査が終わったときにはぐったりしていた。

病棟から看護師さんが迎えにきて、車椅子に乗せられて病室へと移動する。

「あ、そういえばさっき、ひまりちゃんに面会の男の子が来てたわよ」

「え？」

ドクンと胸が高鳴った。

「高校生かな。背が高くて、カッコよかった。彼氏？」

ドクンドクンと次第に心臓が早鐘《はやがね》を打ち始める。

いや、でも、まさか。

そんなはずはない。入院してることは、誰にも言っていないのだから。

「あ、あの、その人って今どこにいますか？」

「とりあえず午前中は検査だって伝えたけど、また来るって言ってたよ」

期待に高鳴る鼓動。

「………」

……ううん、そんなはずはない。

病棟に戻ると、廊下を進んで面会スペースの前を通った。太陽光がさんさんと降り注ぐ、病院で一番明るい空間だ。

「あ、いたいた！ちょうどよかった。ほら、あの男の子」

自動販売機の前で、ちょうど飲み物を買おうとしていた広い背中。ダークブラウンの髪がフワッと揺れた。

そこから目が離せなくなって、まばたきして凝視する。もう何度も見てきた広い背中に、息が止まりそうになった。

「声かける？」

「は、早く病室に戻ってください！」

顔を見られないように下を向く。スウェットの上で固く握りしめた拳に、爪《つめ》が食い込んで痛い。

なんでいるの？

なんで……！

「でも、いいの？」

こくこくとうなずく。大丈夫、下を向いていれば私だとバレることはない。髪が抜け落ちてニット帽をかぶり、すっかり痩せ細った私はもう、彼が知ってる私じゃないんだ。

「ひ、ま……？」

そのとき、恐る恐る探るような低い声が聞こえた。ざわざわしているのに、やけにクリアだった。

顔を上げちゃダメ。だって、顔を見たら……。

「ひまだろ……？」

ゆっくり近づいてくる足音。視線の先に、晴くんがいつも履いてるスニーカーが映った。小刻みに拳が震えて、とうとう私は顔を上げた。

「は、るくん……」

半信半疑だった晴くんの驚いた顔がそこにあった。顔を歪ませ、傷ついたような顔で笑っている。

「やっと……会えた」

そう囁いた晴くんの目に、涙が浮かんでいるように見えたのは私の気のせいかな。

「会いたかったんだ、ずっと」

そう言って車椅子に座っている私を優しく抱きしめる。人が大勢見てるのに、そんなのはお構いなしだ。

優しい腕の温もりに涙があふれた。耳元で聞こえる吐息《といき》も、頬に触れる柔らかい髪も、全部私の好きな晴くんだ。

晴くん、晴くん……晴、くん!

看護師さんはクスクス笑いながら「じゃあ、あとは王子様に任せたから」と冗談っぽく言って、ナースステーションに戻って行った。

「──身体は平気か?」

「うん……」

向かい合い、伏し目がちに小さくうなずく。

きっと晴くんは私が再発したことを知っている。そうでなければ、こんなところには来ないと思う。

「どうして私がここにいるってわかったの?」

「前に言ってたじゃん。小学生の時、ここに入院してたって」

「そっ、か……」

訪れる沈黙がやたらと重い。

「ひま、俺……やっぱ納得できない」

「……っ」

「この一カ月、ずっとひまのこと考えてた。俺、なんも気づけなくて……ごめん」

「謝らないで。晴くんは悪くないよ」

「いや、俺が頼りないっぱっかりに。ずっとそばにいるっつったのに……守れなかった」

「悪いのは私だよ」

晴くんを傷つけて遠ざけた。今も私の気持ちは変わらない。

「俺は、おまえが好きだ」

反応するな、私の心臓。

「ひまのそばにいたい」

優しい言葉に寄りかかりたくなるけれど、晴くんの手を取ってはダメ。

私といても、晴くんは幸せになれない。

「私はもう好きじゃない……だから、ごめんね」

「ウソだろ、それ。俺のことが好きだって、顔に書いてある」

「ウソじゃないよ。もう好きじゃなくなったの……」

ギリギリと胸が痛んだ。

「晴くん、もう来ないで……お願い」

「ひま、ちゃんと話そう」

ちゃんと話そうって……晴くんはどういうつもりで……。

「ひまちゃん？」

黙り込んでいると、晴くんの後ろから控えめに私を呼ぶ声がした。すると母親が姿を現し、私たちの顔を交互に見て大きく目を見開く。

「ひまちゃんのお友達？」

「あ、えっと……」

「初めまして。ひまりの母です」

「日向晴臣っていいます。ひまのことが好きなんで、よろしくお願いします！」

ちょっと、なにを言い出すの。

「日向くんね。お見舞いありがとう。お邪魔だったかな？　先に部屋に行ってるわね」

母親はクスッと笑ってから、私の病室に向かった。

「やっべ、すっげぇ緊張した」

そう言うと、かしこまった顔から普段の晴くんの顔になる。

「ひま」

しゃがみ込み、私の顔を覗く晴くんの目はとても優しくて、ほだされそうになる。

そんな晴くんから目をそらすことでしか抵抗できない私。

お願いだから、これ以上心を乱さないで。

せっかく決心したのに揺らいでしまう。

晴くんの胸に飛び込みたいって、強く思っちゃうんだ。

「俺はまだ納得してない。ひまは俺のこと、どう思ってる？」

「……っ」

「俺は好きだ」

握りしめた拳がとても痛い。

「俺、ひまが思うより頑固だよ。絶対に諦めないから」

「どうして、そこまで……私、髪だって全部抜け落ちて、痩せちゃったし……前までの私じゃないのに……こんな恥ずかしい姿、見られたくなかった……」

じわじわ込み上げる涙が目に溜まった。うつむきながら話しているから晴くんの顔は見えないけれど、今、どんな表情をしているんだろう。

「どんな姿だろうと、ひまはひまだろ。俺は目の前にいるおまえが好きなんだよ」

「……っ」

涙で視界がぼやける。こんな私を好きだと言ってくれる晴くん。だからこそ、私のせいで傷つけてしまうかもしれないと思うと、自分の気持ちに素直になれなかった。

「……明日も来るよ」

晴くんはなにも言わず黙り込む私に優しく言って、病室まで車椅子を押してくれた。

部屋に戻ると、母親が待っていましたと言わんばかりの満面の笑みを浮かべた。

「さっきの子、ひまちゃんの彼氏？」

「ちがうよ……」

「ふふ、そうなの？」

「どうして笑っていられるの？」

今までさんざんひどい態度をとったのに、どうして笑えるんだろう。

私のこと、嫌いになってないの……？

「ひまちゃん」

「なに……？」

「ちょっと昔話をするわね」

そう前置きをしてから、母親は深呼吸をひとつ。そして神妙《しんみょう》な面持ちで口を開いた。

「私とお父さんが再婚するとき、あなたをひと目見てすぐにわかったわ。私は歓迎されてないって。ひまちゃんは笑ってたけど、そういうのって……なんとなくわかるでしょ？」

図星でなにも言い返せない。

「でもそれでもよかった。だって私にはひまちゃんの気持ちが痛いほどわかったから」

いきなりなにを言うの？

「私の母親もね、血がつながっていないの。実の母親は私が六歳のときに、病気で亡くなったんだ」

「そう、なの……？」

知らなかった。まさか、同じような境遇《きょうぐう》だったなんて。でもたしか、母親と祖母はとても仲がいい。義理の親子だなんて信じられない。

「父が再婚したのは私が六年生のとき。嫌だったわ、そりゃね。だから反対した。でもやっぱり、最後には父の幸せを願って再婚を受け入れたの。いつまでも母だと認めることはできなかったけどね」

母親は肩をすくめて笑っているけれど、無理をしているように見えた。

「でも、母は連れ子の私にも実の子の妹にも分け隔《へだ》てなく平等に接した。妹は母の連れ子だったから、私とは血がつながってないの。でも差別されたことなんてひとつもなかったし、悪いことをしたときは叱られて、いいことをしたらたくさんほめてくれた。そんな日々の積み重ねが、私たちを親子にしたの。長い年月がかかったけど、血のつながりはなくても親子になれる。だから、ひまちゃんともそうなれたらなって思ってたの」

本当の親子……。

「ひまちゃんに怒られたときね、おかしいかもしれないけど、うれしかったのよ」

「え……？」

「初めてひまちゃんの本音が聞けて、うれしかったの。あなたはいつも自分の気持ちを隠して笑ってたでしょ。もっとワガママ言ってもいいのにって、そう思ってた。でもきっと、こういうことの積み重ねで絆《きずな》が深まっていくのよね」

「お、怒って……ないの？　ひどいこと、言ったのに……」

「そりゃ多少はショックだったけど、うれしい気持ちのほうが勝ってたよ。それにひまちゃんが、そう思ってくれただけで十分……」

どうしてそんなふうに言ってくれるの。

「あなたはいい子だから、私がなにも言えなくさせてたのかもしれない。ごめんなさいね……」

「わ、私はいい子なんかじゃない。だって、たくさんウソついた。夏休みに、男の子と会ってたのって聞かれたとき、ウソついた。他にも、たくさん……」

「ふふ、でも今バラしてるじゃない。悪いと思っていたからでしょ？　だったら許す。その代わり二度はないわよ」

「どうして……っ」

「ひまちゃんを愛しているからよ。だから許すの」

優しい笑顔に涙腺《るいせん》がゆるんだ。

産みのお母さんを忘れて、育てのお母さんを慕うのは、自分がとても悪いことをしてるようで……耐えられなかった。目の前の人をお母さんだと認めたら、心の奥底にいるお母さんの存在が消えていくようで怖かったんだ。

『お母さん』って一度も呼んだことがないのも、ささやかな抵抗。心の中にいる、すでに消えかかっている幼いときのお母さんの記憶が消えないように。

母親はそんな私に怒ることもなく、優しく愛情を注いで育ててくれた。

「ひまちゃんの気持ち、わかるよ。でもね、お母さんがふたりいてもいいんじゃないかな？」

「ふた、り？」

「産んでくれたお母さんと、育てているお母さんの私。どちらかを忘れる必要なんてないわ。忘れられるわけ、ないじゃない……っ」

「……っ」

「だから、亡くなったお母さんのことは忘れなくていい。ずっとあなたの中で大事にしまっておくの。私の心の奥にも、お母さんの思い出が眠ってる。もちろん、ふたりぶんね」

本当は……。

「ごめん、なさ、い……っ。おかあ、さん……っ、お母さん……っ」

あふれ出した涙が止まらない。

忘れなくていい。それは、私が一番ほしい言葉だった。

「ひまちゃん……ごめんね。あなたの気持ちに気づけなくて」

お母さんは細い腕で私をキツく抱きしめてくれた。

「おか、さんは、悪く、ないよ……」

ずっとそう呼びたかった。でも、呼べなかった。

「ひまちゃんが、お母さんって呼んでくれて……うれしい」

お母さんがふたり。私の中に大切にしまっておく。天国にいるお母さんは許してくれるかな。

お母さんは笑いながら涙をぬぐった。私が泣いてるのを見て、ハンカチで涙をふいてくれる。柔軟剤のいい匂いがした。

まだぎこちないけれど、少しずつゆっくりと私たちのペースで親子になっていけたらいいと、そう思った。

宣言通り、晴くんは翌日もやって来た。ここは地元から遠くて電車代がかかるし、時間もかかる。それなのに昨日と同じように笑っている。

しかも私と同じような黒いニット帽をかぶっていた。

「おはよ、ひま。見ろよ、おそろい」

そう言って、ニット帽を取った晴くんの姿に思わず驚愕《きょうがく》する。

「な、なんで……っ！」

「恥ずかしいっつってたから、俺も同じ髪型にしたら恥ずかしくなくなるかなって。俺ここまで短くしたことないから、めっちゃ寒い」

スキンヘッドの晴くんは何事もないように頬をかいた。そしてベッドのそばのパイプ椅子に座ると、優しく私の手を握ってくる。

冷たい手、きっと外は寒かったよね。今日は一段と寒くなるってニュースで言っていた。

「なんでこんなことするの……っ。バカ、だよ」

「うん、俺もそう思う。でも、ひまのためならなんでもできるんだ」

「じゃあ……死んでって言ったら晴くんは死ぬの？」

「ひまが望むなら」

晴くんがなにを考えているのかわからない。でもそう言った彼の瞳に迷いはなかった。

「死んじゃ、ダメ。死なないで……お願いだから」

「わかったよ」

安心させるように頭を撫でてくれる優しい晴くん。その笑顔に胸がキュンと高鳴る。好きだっていう気持ちがあふれて、止まらない。

私はほとんど無意識に口を開いていた。

「好き」

どうしようもないくらい、晴くんのことが好き。ここまでされて、そんな風に言われたら、もう気持ちを隠し通すことなんてできなかった。

「晴くん……大好きだよ」

手を握り返しながら見上げると、晴くんの目が大きく見開かれていた。だけどすぐに優しく目が細められ、晴くんは私の耳元に唇を寄せる。

「やっと言ったな」

「ごめんね……」

「俺もひまが好きだ」

真剣な声にドキドキが止まらなくなる。晴くんの気持ちがすごくうれしい。晴くんといると心がとても温かくなる。

「晴くん、私ね……白血病が再発したの」

ここまで想ってくれてる晴くんに、自分の口からきちんと伝えたいと思った。

「うん。なんとなくわかってた」

晴くんの低い声からは感情が読み取れない。でもつながった手から、不安のようなものが伝わってくる。そりゃそうだよね、優しい晴くんのことだから心配してくれているんだ。

私はそんな晴くんに向かってニッコリ笑う。

「私、がんばるね。絶対に治してみせるから」

もう弱音を吐いたりしない。私の白血病は絶対に治る。晴くんがいてくれたら、つらい治療も乗り越えられる気がするんだ。

「俺も全力でひまを支える。ずっとそばにいるって約束したしな」

晴くん……ありがとう。晴くんの優しさに、また胸が鳴った。

「治ったら、叔父さんのカフェの、フレンチトースト食べに行きたいな」

「ああ、行こう」

「あれ？　そういえばバイトはどうしたの？」

「やめた」

「え？」

「というよりも、今は忙しいときだけ限定で手伝いに行ってる。叔母さんが帰ってきて、人が足りてるみたいだから」

「そうなんだ」

この一カ月の空白を埋《う》めるように、私たちはたくさん話をした。晴くんが明倫高校に出向いて苑ちゃんに会ったこと、そして私が休学しているのを聞いたこと——。

晴くんに再会したことで、沈んでいた気持ちが浮かび上がった。

十二月二十五日。

クリスマスイブもクリスマスも、晴くんはお見舞いにきてくれた。クリスマスプレゼントだと言って渡してくれた白いマフラー。ふわふわして、暖かくてとても肌触りがいい。

「あと、これも受け取ってくれるとうれしい」

誕生日に私が突き返してしまったプレゼントを、不安げに差し出してきた。細長い箱。きれいにぬぐってあるけれど、隅っこに泥がついている。

思いっきり振り払ってしまった記憶がよみがえって、罪悪感が込み上げた。

「ごめんね……私」

最低なことをして晴くんを傷つけた。あのときはそうするしかなかったけど、本当にひどかったと思う。

「いいよ、ひまの気持ちはわかってるから」

晴くんは笑いかけてくれた。

「それよりほら、受け取れって」

「ありがとう……私、なにも用意してなくて……本当にごめん」

「謝るなよ。俺が渡したくてしてるんだから。クリスマスも誕生日も、今年だけじゃなくて来年があるだろ？　そのときに倍返しな」

私に気を遣わせないためか、おどけたように晴くんが笑う。

「そうだね。じゃあ来年は期待してて！　晴くんがあっと驚くようなプレゼントを用意するから」

「はは、楽しみにしとく」

「これ、開けてもいいかな？」

箱を晴くんに見せながら言うと、晴くんはうなずいてくれた。

「わぁ、すてき！」

中身はネックレスだった。プラチナの細いチェーンが、部屋の蛍光灯に照らされてキラキラ輝いている。しかも、トップには四つ葉のクローバー。葉の一枚だけにピンクゴールドがあしらわれていて、とてもかわいい。

「気に入ってくれた？」

「うん！　ありがとう！　クローバーのヘアピンとおそろいでつけたら、絶対かわいいよ」

想像するだけでとても楽しくて、自然と頬がゆるんだ。

「ひまはクローバーが似合うよな。ひと目見て、これだって思って決めたんだ」

「ふふ、ありがとう。うれしい」

晴くんからのプレゼントなら、きっとなんだってうれしい。また宝物がひとつ増えた。

「借して。つけてやる」

「うん」

身体を屈めて私の首元に両腕を伸ばす晴くん。喉仏と、首筋から顎《あご》にかけての男らしいラインに思わずドキッとする。

それに、すごく近い。どうしよう、落ち着かないよ。

「ど、どう？」

なかなか私から離れない晴くんに思い切って尋ねた。そしてふと顔を上げると、晴くんの顔がすぐ目の前にあって驚いた。

「な、なに？」

「キスしていい？」

「え……！」

後頭部に手が添えられ顔がゆっくり近づいてくる。晴くんの腕には誕生日に私があげた革のブレスレットがある。

ドキドキしながらそっと触れる懐かしい温もり。晴くんの感触に目頭が一気に熱くなった。

「嫌だった？」

「ううん……」

嫌なわけない。晴くんの温もりに安心させられた。

「俺の幸せは、ひまといることだから」

晴くんは笑っていた。私の弱い心を包みこむかのような、頼もしくて優しい顔。

「好きだ、ひま」

もう一度唇を奪われた。今度はさっきよりも長いキス。息継ぎの仕方がわからなくて、胸が苦しい。伏し目がちの晴くんの顔がとても艶やかで、男っぽい。

そばにいたい。なにがあっても。私は絶対に治ってみせる。晴くんのためにも。

「はは、かわいいな」

「も、もう！」

頬にじんわり熱がこもっていく。からかわれているのに、ますます赤くなる私。

「その顔、他の誰にも見せるなよ？」

「ど、どの顔？」

「俺とキスして赤くなってるかわいい顔」

「なっ！」

以前の晴くんなら、こんなセリフは言わなかった。再会してからの彼は、糖度が増したような気がする。

「春になったら四つ葉のクローバー、探そうな。んで、一緒に桜を見て、夏はあれだな。海に行こう」

「ふふ、気が早いよ」

「いいだろ、想像するだけで楽しいんだから」

「まぁ、そうだね。海かぁ、水着買わなきゃ。あ、花火大会もいいね。浴衣《ゆかた》着たい！」

「そうだな、一緒に浴衣着て行くか。でも海はやっぱ却下」

「え、なんで？」

「ひまの水着姿を他の男が見るとか……耐えられない」

「あはは、なにそれ」

退院したら、ふたりでいろんなところに行きたい。

晴くんがそばにいてくれるだけで笑顔になれる。

絶望的だった私の心を救いあげてくれた。

そしてこんな私を好きだと言う。

晴くんはとても優しい人。

年が明けて三学期が始まってからも、晴くんは毎日のように私のお見舞いにきてくれた。

そばにいてくれるだけで心地よくて、みるみる元気になっている気がした。

だけど、やっぱり抗がん剤を投与《とうよ》した日は副作用《ふくさよう》が出る。

抗がん剤の点滴《てんてき》は一日中かけて、身体の中にゆっくりと流し込む。点滴が終わると次の日からは内服《ないふく》の抗がん剤に切り替わり、点滴込みでの抗がん剤治療を二週間続ける。

そして四週間の休薬《きゅうやく》。四週間経つとまた点滴が始まって、次の日からは内服が始まる。それの繰り返しで治療が進み、休薬中に抗がん剤がちゃんと効いているか、採血をして白血病細胞の数を調べるのだ。

そのたった一日だけの点滴がとてもツラく、吐き気止めを飲むけれど、まったくと言っていいほど効果がない。

「うぇ、げほっ……っ」

吐き気が治まらなくて、我慢できずにとうとう、吐いてしまった。

口の中に苦い味がして思わずむせる。

「ひま、緑茶」

「あり、がと。晴く……、ごめん、ね……」

「いいから、謝るな」

口元までペットボトルを持ってきて飲ませてくれた。緑茶の濃い味が吐き気を緩和《かんわ》してくれて、ちょっとスッキリした。

優しく背中をさすってくれる手のひらに涙が出た。

こんな姿見られたくない。晴くんの前では、かわいい私でいたいのに。

その翌日から、私は個室に移った。お母さんは晴くんがお見舞いしやすいようにしたと言っていたけど、実際はどうなんだろう……。

「ちょっと寝ろ」

「や、やだ……せっかく、晴くんがいるのに……」

「いいから」

ベッドから背中を浮かすと、晴くんに止められた。そして口元まで布団を掛け、子どもにするように頭を撫でられる。

優しく微笑まれたら、もう完全に私の負け。

「……晴くん、なにか話して」

そうでもしないと気分が紛れそうにない。

「なんでもいいの。晴くんのこと、いろいろ知りたい……」

「そうだな……あ、そういえばこの前」

優しく私の頭を撫でながら晴くんは話し出した。

「テストが返ってきた。普段はやる気なかったけど、今回は結構がんばったんだ」

「ふふ、どうしたの、急に」

「まぁ、なんとなく、ひまにカッコ悪いとこは見せらんないからな」

ちょっと澄ました顔でそう言うと、晴くんは得意げに微笑んだ。

「んでまぁ、そこそこの結果だったんだけど……オチがなくてつまんねーよな、こんな話」

「そんなことないよ。晴くんのことならなんでも知りたいし、聞きたいもん」

晴くんは照れたように頬をかいて優しく目を細めた。

「そばにいるから、もう寝ろ」

「帰るときは声かけてね」

「わかったよ、おやすみ」

晴くんの手を握りながらそっと目を閉じると、すぐに睡魔《すいま》が襲ってきた。

「――あ、あれ……？」

誰も、いない。窓の外は真っ暗で、すでにカーテンが閉められている。

壁掛け時計を見るともうすぐ夕食の時間になろうとしていた。

「声かけてって、言ったのに……」

帰っちゃうなんてひどい。ふとテーブルの上を見るとメモが置かれていた。

『ごめん、かわいい顔して寝てるひまを起こせなかった。また明日！』

晴くん……。

「あはは、字がへたくそ……」

でも、うれしい。

私は日記帳を取り出した。そして忘れないように今日の出来事を綴る。

覚えておきたい。晴くんの優しさ、愛情、温かさ、感覚、そのすべてを。

一月下旬。身体はさらに細くなってしまった。食事もひとくち食べたらもうお腹いっぱい。でもまだ動ける。

これ以上、体力が落ちたら抗がん剤の投与《とうよ》ができないらしい。薬が強すぎて、私の身体が耐えられなくなるから、がんばって食べて体力をつけなきゃいけない。

「お、今日はカツ丼じゃん。うまそう」

子ども用のお椀に盛られたお昼ご飯を見て、晴くんがニッと笑う。寒そうな頭にはニット帽。伸びてきたから、この前またバリカンで剃《そ》ったんだって。そしたら、手がすべってケガしたって言ってたっけ。その傷を歩くんに見られて笑われたらしい。

本当……バカだよ。私のためにそこまでしなくていいのに。

「ほら、食わせてやる」

「い、いいよ」

「俺がこんなことすんの、レアなんだから甘えとけって」

「えー……私、子どもじゃないのに」

「いいから。ほら、口開けろ」

小さく口を開けると、ふわっとたまごの味が広がった。

「ん、美味しい」

「そりゃよかった」

晴くんがニッと笑う。

ご飯の量は普通の人の半分量のそのまた半分。それさえも食べきれるかわからない。甘いものも受けつけなくなった。でも晴くんと食べたクレープはまた食べたい。あのホテルの豪華なスイーツビュッフェにだって、行きたい。そしたら、元気になれる。晴くんもきっと、笑ってくれるよね。

「……ああ、いい天気だなぁ」

「散歩でも行くか？」

窓の外を見ながらなにげなくつぶやいた言葉に、晴くんが反応してくれた。ここ最近部屋から出ることがなかったので、その申し出はすごくうれしい。

「でも外は寒いから院内のテラスだな」

「うん、行こう！　行きたい！」

「わかった。車椅子借りてくる」

やったぁ、晴くんとお散歩だなんてうれしすぎる。抗がん剤の副作用も収まって体調もよくなったし、今日はなんとなく気持ちも穏やか。

マスクをつけて上着もしっかり羽織ってから、晴くんに車椅子を押されて部屋を出た。

テラスは屋上にある。天井がガラス張りになった居心地のいい空間だ。

長椅子に腰かけた晴くんと向かい合い、天を見上げると青空が広がっていた。

「きれいだな」

ふと晴くんが言う。

「そうだね。澄んだ空を見ると晴くんを思い出しちゃう」

「澄んだ空は俺じゃなくてひまのイメージだけどな」

「ええ？　私？」

「ピュアでまっすぐで、透き通ったイメージだよ、俺の中のひまは」

「なんだか、恥ずかしいな」
全然透き通ってなんかいないのに、晴くんの中の私ってそんな感じなんだ。照れくさいけどうれしくて、私はひたすら空を見上げていた。

9月8日
今日は久しぶりに苑ちゃんと美奈ちゃんの三人で遊んだ。恋バナで盛り上がって、何時間もドーナツ屋さんでずっと喋り続けた。苑ちゃんは相変わらずだけど、美奈ちゃんには最近気になる人ができたみたい。幸せそうでよかったよかった。

9月14日
今日は晴くんと放課後デート。パンケーキを食べに行ってから、森林公園でぼんやり夕焼けを眺めた。この時期の夕焼け空が一番好き。
手をつないで、キスをして……。ものすごくドキドキした。
晴くん、大好き。

9月24日

とても肌寒くなった。季節の変わり目のせいか体調が悪いよー。

でも朝バスで晴くんに会うと、自然と顔がほころんで元気が出る。

晴くんの笑顔が好きだなぁ。


部屋で日記を読み返していた。まだ病気が発覚していない頃の、楽しかった思い出が綴られた内容。

私……本当に治るのかな。この治療をいつまで続けたらいいの？　先の見えない未来に不安になる。大丈夫、なんだよね？

両親は「大丈夫」だと言うだけで詳しいことはなにも話してくれない。でもそれはよくなっているからだよね？　そう信じたい。

コンコンと部屋がノックされ、私は驚いて慌てて日記を閉じた。

「ひま、入るぞ」

「どうぞ」

日記帳を枕元にそっと忍ばせ、入ってきた制服姿の晴くんに笑顔を向ける。

「お疲れさま」

もうすっかり見慣れた晴くんのニット帽姿。鼻の頭が赤くて、今日も相変わらず寒そうだ。

「なんかあったのか？」

「え？」

「そんな顔してる」

いつものようにベッドのそばのパイプ椅子に座って、私の手を握ってくれる氷みたいに冷たい晴くんの手。

「冷たいね」

「ひまはあったかいな」

「ずっと寝てたからね」

「はは、そっか」

いつまでもずっと、晴くんとこうして手をつないでいたい。

「震えてるけど、マジで大丈夫か？」

心配そうに下がる眉。

「ふふ、晴くんの手が冷たいからそう感じるだけだよ。今日学校はどうだった？」

「いつも通りだよ。ひまはなにやってたんだ？」

「なんだそれ」

「ずっと晴くんのこと考えてた」

手を握り返しながらそう伝えると、晴くんの顔がみるみる真っ赤になっていった。

「やめろ、恥ずいだろ」

「あはは」

「けど、めちゃくちゃうれしい」

照れくさいのか、ぎこちなく笑う晴くんの笑顔に、私まで笑いが込み上げる。

どれだけ不安でも晴くんといると笑顔になれた。

＊＊＊

みるみる体力が落ちて痩せていくひまを、そばで見ているのはツラいときもある。

でもこれはあれだ。治癒《ちゆ》していく上での過程であって、これからどんどんよくなっていくはず。今はただ少し抗がん剤で弱ってるだけ。

ベッドの上でひまはスマホを操作していた。

「誰かにメッセージ？」

「うん、苑ちゃんや美奈ちゃんに会いたくなって送ってみたの。ずっと連絡できずにいたから、気になってて」

「うん。前に海堂に会ったとき、ひまのことすっげー心配してた」

「だよね……悪いことしちゃったな」

そう言って目を伏せるひまの肩を優しく抱き寄せた。

「大丈夫だ、わかってくれるよ」

「うん……そうだといいんだけど」

ひまのスマホから着信音が流れた。画面には【苑ちゃん】と出ている。

「ごめんね、晴くん。出てもいい？」

「ああ、遠慮せずに話せよ」

ひまは不安そうに電話に出たけれど、徐々に笑顔になっていった。どうやら解決したらしく、電話を切るときにはさっきまでとは比べものにならないほどの、明るい笑顔を浮かべていた。

「苑ちゃんと美奈ちゃんが明日お見舞いに来てくれるって！　あ、あと福島と歩くんにも声かけてくれるって！」

なんだか俺が来るときよりうれしそうだな。福島もかよ、なんでだよ、と突っ込みを入れたい気持ちを抑えつつも、うれしそうなひまの顔を見てたら俺まで幸せな気持ちになる。

ひまは笑ってるのが一番だから、そのためならなんだってしてやる。

翌日、学校帰りに合流した俺たちは、ぞろぞろと連れ立って大学病院を目指した。

歩は海堂に誘われたようだが、なにがあったのかと俺に聞いてきたので事前にひまの再発のことを伝えた。いつもは人懐っこさ全開でうざいくらい人に絡むのに、神妙な面持ちのまま静かに俺の隣を歩いている。

病院が近づいてくるにつれて海堂の表情がどんどん曇っていくのがわかった。

「──日向くん、ひまりのこと、ちゃんと教えて」

立ち止まり後ろを振り返る。みんな、きっとなにかを察している。よくないことだと、わかっているんだろう。

「あいつ……、ひまりは白血病で入院してる……」

「えっ!」

歩以外の全員が驚いた顔で俺を見た。そして俺も、ヤツらの目をまっすぐに見つめる。

「やっぱり……」

海堂だけは目を真っ赤にして、まるで予想していたようなどこか納得した表情。

「日向、どういうことだよ?」

福島が俺に詰め寄ってきた。明らかに動揺しているのがわかる。

「ひまが休学したのは、白血病が再発したからなんだ」

「白血病って……マジ、かよ」

「日向くん、ひまちゃんは大丈夫なの？」

美奈は必死に涙をこらえていた。

「ああ。ただ、見た目が変わったから驚かないでやってほしいんだ。気にしてると思うから」

目を伏せ、軽くうつむく。

「私たちは大丈夫だよ。とにかくひまりが心配だから早く会いたい」

「うん。とにかく行こう。あいつもすごくおまえらに会いたがってる」

「……っ」

「ああ……そうだな。行こう」

わりとすぐに状況を受け入れたらしい福島が一歩しゃしゃり出る。俺も負けじとヤツより前に出た。すると、また一歩福島が前に出る。そして、また俺。

「日向くんも福島も……くだらない争いはやめなさい。とにかく、行こう」

「そうだよ、早くひまちゃんに会いたい」

病室の前でひまの母親に出くわした。

「晴くん……お友達？」

ひまの母親は最初に会った頃からすると、ずいぶんやつれた。それにここ最近、元気がなくなっているようにも思えた。

「こんにちは、私たちはひまりの親友です」

美奈と海堂がのふたりが前に出て頭を下げる。

「そう。ぜひ、ぜひ、ひまちゃんに会ってあげて……っ」

ぎこちなく笑いながら涙目になる母親の姿に、ふたりは黙ったまま静かにうなずいた。

「苑ちゃん！　美奈ちゃん！　みんな来てくれたんだね」

ベッドに横たわっていたひまは、こちらを見るなりうれしそうに微笑んだ。対する四人は、ひまの姿を見て一瞬息を呑んだけど、すぐに笑顔になった。

「ヒミツにしててごめんね……私、すっかり変わっちゃったでしょ……？　髪の毛も抜けて、ビックリしたよね？」

「ひまり……」

「ひまちゃん……」

女子のふたりは目を潤ませながら、ひまの元へ駆け寄った。

「心配したんだからね」

「そうだよぉ、ひまちゃん……」

ひまに会えてホッとしたのか、笑いながらも涙を我慢している。

「ごめんね……苑ちゃん、美奈ちゃん」

ひまも目を赤くしながら涙をこらえていた。

「ううん、謝らないで……！　ひまちゃんが大変なときにそばにいてあげられなかったんだから」

「そうだよ、私たちの方こそごめんね……っ」

三人は手を取り合って俺たちの目を気にすることなく、強く抱き合った。

俺の横で、福島も目を赤くさせている。

「そっか。おまえ、だからスキンヘッドにしたのか……」

隣で歩がつぶやいた。歩の目も真っ赤だ。

「バカだな、おまえ」

「うっせー……」

「でも、めちゃくちゃカッコいいよ。俺が知ってるヤツの中でもダントツ一番」

「んなこと、ねーよ……」

「晴くんたち！　そんなところに立ってないで、こっちにおいでよ。福島も、歩くんも」

「ああ」

「ごめんね、ひまりちゃん。でもマジで久しぶりだね！　俺、ずっと会いたかったんだよー！」

「あはは、ごめんね」

「も、も、桃咲……」

「ちょっ、福島！　なに泣いてんの！」

ひまがギョッとしながら言った。

「福島ー、私たちがんばって耐えたんだからね」

「そうだよ、福島くーん……泣かれたら、もらい泣きしちゃうじゃん」

「な、泣いてねーし！　目にゴミが入ったんだよ」

「もう！　なにありきたりな言い訳してんの」

海堂が苦笑いし、美奈は泣いていた。福島も強がりながらも、指でそっと目元をぬぐっている。

みんなに愛されてるひまがたまらなく愛おしい。

ひまの周りを取り囲んで会話が始まる。何事もなく明るく振る舞うひまに、きっと全員無理して笑ってた。

聞きたいことはたくさんあるはずなのに、交わされる会話は学校のことがほとんど。

誰にも触れられない。触れたらきっと、ひまの笑顔を奪うことになる。ここにいるヤツらが無意識にそう察するほど、今のひまは衰弱《すいじゃく》していた。

みんなで見舞いに行ってから五日が経った。

「晴くん、ちょっといいかしら？」

恐らく病室の前で俺が来るのを待っていたんだろう。ひまの母親に話しかけられてドキリとした。

「ひまりはまだ眠ってるから、今のうちに少し話したいの」

悲しみに打ちひしがれるその瞳。目がくぼんで、クマがひどい。どれだけ涙を流したんだろう。想像するだけで胸が締めつけられた。

面会スペースの椅子に横並びで座る。どうにも落ち着かなくて、そわそわした。

「ひまちゃんのことなんだけど……」

「はい」

「抗がん剤治療をやめることになったの……」

「えっ……！」

抗がん剤治療を、やめる……？

なんで？

「あの子に……強力で、一番有効だと証明された新薬《しんやく》を投与してたんだけど……全然……効果がないのよ」

「だから、やめるんですか？　どうして？　だったら、他の抗がん剤を試せば治るかも」

手のひらが痛い。気づくと、自分の爪が食い込んで血がにじみ出ていた。

「ダメなのよ……もうどの薬も効かないの……先生にも、そう、言われたわ……ごめんね、晴くん……っ。もう打つ手がないの……」

「ウソ、だ……そんなの、ウソに決まってる」

なんで抗がん剤が効かないんだよ！

他のを試せばきっと治る。治るに決まってる。だって……治らなかったら、ひまはどうなるんだよっ。

「ごめんね……っ。あの子を守ってあげることが……できなくてっ」

「な、んで……っ」

なんでひまなんだよ。ひまがなんかしたのかよ！　どうして……。不意に目頭が熱くなった。俺の意志とは無関係に、頬を伝って雫《しずく》がポタポタこぼれ落ちる。

男が泣くなんてみっともない、カッコ悪い。頭のどこかでそう思うのに、突きつけられたあまりにも残酷《ざんこく》な現実に、次から次へと涙が出てきて止まらない。

それから二十分ほど経って顔を洗い、鏡で目が腫れていないのを確認すると、俺は病室の前で大きく深呼吸をする。

「あ、晴くん！　おはよう」

いつもと変わらない明るい声。よかった、昨日よりは元気そうだ。朝だからなのか、顔色もいい。

「晴くん、私ね……晴くんに出会えて幸せだった」

いつもより元気そうに見えるのに、ひまの声は今にも消えてしまいそうなほど弱々しかった。

「──やめろよ、そんないなくなるみたいな言いかた」

「うん、ごめんね。でも、感謝の気持ちを伝えておきたくて。ありがとう」

パイプ椅子に座り、ひまの手を握る。温かい、ちゃんと生きてる。この手が冷たく動かなくなる日がくるかもしれないなんて考えたくない。

「晴くん」

「ん？」

「私ね、晴くんに一目惚れだったの」

「なんだよ、いきなり」

なんで思い出話なんかするんだよ。だけど気になる。

「初めて出会った中三の夏から、私、晴くんに恋してたんだ」

中三の夏、それは夜のコンビニでの出来事だ。俺も初めてひまに会ったときのことは、はっきり覚えている。ビクビクしながらも小さな身体で高校生相手に立ち向かっていった、強いひまの姿を。

「晴くんが助けてくれたとき、ちょっと怖そうな人だなって思ったんだけど……でも、優しいんだなって。私、きっとそのときもう好きになってたんだ」

「ふ。なんだ、それ」

「それでね、高校生になってバスの中で晴くんを見かけて、すごくうれしかった。でも、話しかける勇気はないからこっそり見てたの」

俺も高校生になってすぐのとき、あのときのヤツだってすぐに気がついた。話しかける勇気がなかったのは同じで、気になる程度の存在だったけど、ひまの姿を見かけるたびに胸が弾んでいた。

「晴くんの笑顔を見てると、元気になれるから、ずっと笑っててほしいんだ」

ひまの手の温もりがいつか消えてしまうなんて、耐えられない。だけど、一番つらいのはひまなんだ。俺の笑顔なんかで元気になれるなら、ずっと笑っててやる。

ひまのためならなんだってできると誓ったのはウソなんかじゃない。

覚悟を決めて、握った手に力をこめる。

「俺も、一目惚れだった」

あの日、勇敢に立ち向かうひまを見て、思わず守ってやらなきゃという気にさせられた。本当は怖いくせに曲がったことを見過ごせないひまに、強く心を奪われ、どうしても放っておけなかった。

俺にお礼を言いながら笑ったひまに、ドキッとさせられた。そんな経験は初めてだった。

今思えばそのときから、ひまのことが気になっていたんだ。

「晴くん……」

「ん……？」

「大好きだよ」

そう言ったひまの声が震えていた。

「俺もひまが好きだ」

「うん……」

「ずっとそばにいるから、安心しろ」

「ありがとう……」

俺はひまの細い肩に手を回し、そっと引き寄せた。

三月に突入し、寒さがずいぶん和らいだ。ひまは早咲きの桜を窓から見下ろすのが楽しみだと言っていた。

抗がん剤治療をやめたからなのか、ひまの頭には、うっすらと産毛《うぶげ》が生えている。副作用に苦しむこともなく、穏やかな時間が流れていた。ときには見舞いにきた海堂たちと楽しそうに話すこともあった。

そんなひまの姿は、たとえるなら冬のひだまり。

ポカポカ暖かいオレンジ色が似合ってる。いるだけでその場が明るくなるような存在。

ずっと永遠に今が続けばいい。

他にはなにもいらないから、このままでいさせてくれ。

「ねぇ、晴くん……お願い、聞いてくれる……?」

「どうした?」

「一晩だけ、一緒にいたい」

「え?」

「先生がね、病室に泊まるならいいよって言ってくれたの……ダメ?」

首をかしげながらの上目遣いがめちゃくちゃかわいくて、ドキッとしてしまった。

「いいのか? 俺なんかで」

「晴くんと一緒がいいの。お願い」

「やべぇ、うれしい……」

早速その日、ひまの両親に許可をもらって泊まらせてもらうことになった。

夜になり、ふたりで窓の外の星空を見上げる。窓は開けられないので、ひまの身体を抱き上げて、病室の中から一緒に眺める満点の星空。

「きれいだね」

「ああ」

そう言いながら目と目が合って、なんだか照れくさい。

「キスしていい？」

「うん、同じこと思った」

ひまの唇にそっと口づけた。柔らかいこの感触。華奢《きゃしゃ》な身体。全部を記憶に刻み込むように、忘れないように、時間を忘れて何度も何度もキスをした。

ひまをベッドに下ろすと近くのパイプ椅子に座って手を握った。

「晴くん……ありがとう」

「うん。遅いからもう寝ろ。俺、寝つくまでここにいるから」

「ん、わかった」

細くなった指で俺の手を握り返してくるひまが愛おしい。離れたくない。一年後も、十年後も、この先の未来も一緒に歩いていきたい。

「やっぱり眠れないや……ねぇ」

「なんだよ?」

「あのね、ときどきふと思うんだ……」

「…………」

「今が幸せすぎて怖いって。家族がいて、晴くんがいてくれる。それだけで私は十分幸せ。だから、ありがとう。いつも私のそばにいてくれて」

「俺がいたくて一緒にいるんだから、礼なんかいらない」

「うん、そうなんだけど……私」

ひまの声はそこで一旦途切れた。暗闇の中でズズッと洟《はな》をすったような音が響く。

「生きたい……っ」

ひまの切実な声に胸が痛くて苦しくて、俺はグッと唇を噛んだ。

「ずっと晴くんと一緒にいたい……っ」

「うん、俺も……」

「晴くん……」

「ずっと一緒だからな」

「大好き……」

うん、俺も……。

でも言葉が続かなかった。

それからしばらくすると小さな寝息が聞こえてきて、ひまは眠ったんだとわかる。

俺はベッドから出て、静かに眠るひまの顔を見ながらその頬に触れた。

かわいい寝顔。それに温かい、ものすごく。こうしてるだけで幸せなはずなのに、どうしてこんなにも胸が苦しいんだよ……。

ひま。

それからどれくらいそうしていたんだろう。俺が眠りについたのは、空が白み始めてからだった。

高校が春休みに入ると、俺は毎日ひまの元に通った。

ひまはほとんどベッドから起き上がることができず、一日の大半を寝てすごすような生活。それでも俺が行くと、布団の中から手を出して俺の手をギュッと握る。だから俺も両手でひまの手を握り返して、頭を撫でてやる。するとうれしそうに笑ってくれるから、その顔が見れるだけで十分だった。

「は、る、くん……もう、帰るの……？」

悲しげに揺れるひまの瞳を見ていると後ろ髪が引かれ、ずっとここにいたいと思ってしまう。

「また明日来るから、そろそろ休め。な？」

「うん……寝るまで、いて、くれる？」

「ん、わかった」

「ありが、とう……」

ひまが眠りにつくまで手を握っていた。

夜、ベッドに入る前に窓からぼんやりと夜空を見上げる。ひまと一緒に過ごした夜ほど、星のきれいな夜はいまだに見たことがない。


ピリリリリリ――。

着信音がけたたましく鳴って、ドクンと心臓が大きく脈打った。

心の奥底からふつふつと湧き上がる言いようのない不安。【ひま母】と表示された文字を見て、嫌な予感がよぎる。

俺は震えながらスマホを手に取ると、電話に出た。

『晴くん……？　ひまちゃんが、ひまちゃんが……！』

『……っ』

『危篤《きとく》なのっ、朝までは……もたないだろうって……先生が』

涙交じりの声に心臓がえぐられるように痛む。俺は電話を切ると、一心に駆け出していた。

ひま。ひま……。ひま……！

もう会えないなんて、最期《さいご》だなんて嫌だ。喉の奥が焼けるように熱くなり、鼻がツンとする。夜道を駅に向かって走っている最中で、目の前がボヤけ、涙が横に流れていった。息が切れて苦しい。電車に乗っていても気が気じゃなかった。

「はぁはぁ……」

病室の前にたどり着いたときには、汗が噴き出ていた。全身が小刻みに震えている。この扉を開けるのが怖い。でもひまに会いたい気持ちのほうが強く、俺は意を決して引き戸を開く。

「ひま！」

なりふり構わず、ひまのそばへと走り寄った。ベッドで目を閉じ、横たわるひまの顔は青白く生気《せいき》がない。

「ひま……！　目ぇ開けろ！　頼むから」

無意識に取ったひまの手はまだ温かくて、指先が一瞬ピクリと動いた。

「ひま？」

うっすらまぶたが開くと、焦点《しょうてん》の合わない目で俺を探すひま。よかった、間に合った。本当によかった……。

「ひま、大丈夫か？」

大丈夫じゃないことは十分わかっている。だけど他にどう言えばいいか、わからなかった。

「そんなに……慌てなくて大丈夫、だよ」

「ひま……っ」

「わた、し、晴くん、が来るの、ずっと、待ってた……」

たどたどしくも、ひまは声を絞り出し、俺に伝えてくれる。そんな強い姿に、再び涙が込み上げた。

「は、るくん……大好き……っ」

「俺も……好きだっ」

そう言うとひまの手に力が込められた。同じように握り返すと、ひまが優しく微笑んだ気がした。

この温もりを忘れたくない。失いたくない。

ぐちゃぐちゃの心が、ひまの体温を少しでも取り込もうとする。ひまの頬に手を添え、マスクを外すと、その唇にそっとキスした。

「ふふ、ありが、とう……は、るくん」

ひまの首元で俺がプレゼントした四つ葉のクローバーのネックレスが光った。

『どんなお願いも叶えてくれるんだよ！　奇跡の葉っぱなの！』

じゃあひまを助けてくれ！

お願いだよ……っ。そのためならなんだってするから。

ひまの命を奪わないでくれ！

――ピーッ。

そんな思いとは裏腹に、心電図のアラーム音が響くと、ひまの心臓は動きを止めた。

涙がとめどなくこぼれ落ちる。

それでもひまは、最期の瞬間まで笑っていた。

ひまが天国に逝《い》ってから一カ月後――。

バスに乗っていると思い出すひまの笑顔。停留所に着くと、「晴くん」と笑いながら、何事もなかったかのようにバスに乗ってくるんじゃないかって思うことがある。

そして俺の隣に座るんだ。

いなくなったという実感がない。どこかでまだ生きているんじゃないかって……。

「晴、おはよう」

教室に入ると歩が寄ってきた。

「………」

なにもかも、どうでもいい。笑うことも泣くこともなく、毎日が生きてるのに死んでるみたいだ。

ひまが俺のすべてだった。あいつがいれば、それでよかった。それだけで強くなれた。

「おいおい、今日も果てしなく暗い顔してんな」

「関係ないだろ」

「関係あるよ。俺はおまえの親友だぞ？」

「………」

歩の気遣いはよくわかる。けれど、今の俺にはそれすらも受け入れる余裕がない。

ひまはもうどこにもいないのに、世の中は絶えず同じように回っている。ひまがいると世界は明るく温かかったのに、今は冷たく、すべてが色褪《あ》せて見えた。

「俺だってツラいんだよ……でも、おまえがそんなんじゃひまりちゃんだって――」

「ほっとけよ。もう俺に構うな」

「おい、晴……！」

教室を飛び出してあてもなく走る。息が切れて胸が苦しい。足を止めたらとてつもない恐怖に呑み込まれそうな気がして、ひたすら走った。

「はぁはぁ……っ」

学校を抜けて駅の近くの歩道橋を駆け上がる。そこでとうとう体力がつき、身体を折り曲げうなだれた。

「はぁはぁ……くっそ」

苦しい……。

四月の終わり、春のひだまりのような日。バスの中でひまと再会したのもこんな日だった。ときおり吹く心地いい風が髪を揺らす。快晴の空は、いつかふたりで見た空に似ていた。

トラックが走り抜けると、歩道橋が大きく揺れた。

次にトラックが来た瞬間、ここから飛び降りたら、ひまの元へ行けるかもしれない。

会いたい……もう一度。

ひまに会えるなら、命だって捨てられる。

一台の大型トラックが遠くのほうに見えたとき、俺は無意識に歩道橋の手すりに足をかけていた。

猛スピードで近づいてくるトラック目がけて、身を乗り出す。

「晴、くん？」

そのとき背後から名前を呼ぶ声がした。

振り返るとそこにはひまの母親がいて、驚いた顔で俺を見ている。

「危ないから、降りて……ね？」

優しく諭《さと》すような口調だった。悲しげに垂れ下がった眉、涙で潤んだ瞳。母親の悲しみもまだ、癒えてはいないのだろう。

「ほら、手を貸すわ。ね？」

そう言われてしまい、力なく地面へと着地する。

「晴くん、よかったら、今からうちにこない？」

「……………」

「ひまちゃんも会いたがってると思うの。それに晴くんに渡したいものもあるし」

「そんな……俺は……」

あいつになにもしてやれなかった。

「ねぇ、お願い。あの子がどう生きたかを、しっかり晴くんにも理解してほしいの」

そう言われて断れるはずがなかった。同じ痛みを分かち合う者同士、通じるところがあったのも事実。

「どうぞ、散らかってるけど……」

「お邪魔、します」

ひまの家はひまと同じ匂いがする。

それだけでどうしようもないほど胸が締めつけられた。廊下の突き当たりのリビングへと通される。

仏壇《ぶつだん》には遺影《いえい》が置かれていた。写真の中のひまは制服を着ていて、満面の笑みを浮かべている。

ひまの母親は引き出しを開けて、そこから封筒のようなものを取り出す。

「これ、ひまちゃんがあなたに宛てた手紙なの」

「え……」

手紙……。

「病院であの子の荷物を整理してるときに、出てきたの。ぜひ読んであげてちょうだい」

「……はい」

「それとね……すごく迷ったんだけど」

おばさんは今度は悲しげに目を伏せた。そして同じ引き出しの中から取り出した、一冊のノートを持って俺に差し出す。

「ひまちゃんの日記なの。ここには、私たちに言えなかった、あの子の本当の気持ちがたくさん詰まってる……っ」

おばさんの目がみるみる涙で濡れていく。

「後悔したわ、もっとわかってあげられたらよかったって……でも、ひまちゃんは誰にも気を遣わせないように……明るく振る舞って……っ」

「……っ」

ギリギリのところでとどまった涙が落ちないように、必死に歯を食いしばる。

「それが、あの子の生きた証《あかし》だと思うの……。だから、晴くんにも読んでほしくて……」

日記帳と手紙を受け取ると、俺はひまとよく来ていた森林公園を訪れた。そよ風が気持ちいいはずなのに、心の中はぐちゃぐちゃだ。

ここで、ふたりで寝転んで空を眺めた。照れくさいセリフもひまが相手だと言えて、真っ赤になりながらうつむいていたかわいい横顔を思い出す。

ひまの日記を読む覚悟なんて、俺にはない。だけど、読まなきゃいけない。ひまが一生懸命生きた証なら、俺だって立ち向かわなきゃ……現実に。

ページをめくると、愛らしい字が並んでいた。

最初のほうは俺の誕生日までの出来事。肌身離さずつけているこの革のブレスレットを、どんな風に選んでくれたのかが想像できた。

日にちはとびとびで、日記といっても毎日記されているわけではなく、気が向いたときに書いていたようだった。

10月15日
やっぱり身体がおかしい。
なんだか変だよ。
少し動いただけでも、息切れがする。
長く歩けない、走れない。私、どうしちゃったの？

11月6日
晴くんとすごすはずだった誕生日。
それなのに私は病院のベッドの上にいる。
再発してるってわかってから、あっという間に今日まできた。
本当は別れたくなんかなかった。
他に好きな人がいるなんてウソ……。できるなら、ずっと隣にいたかった。
でも、ごめんなさい。
晴くんを苦しめるくらいなら、離れた方がいい。
さようなら、晴くん。

どうして病気になるのが私だったんだろう。
抗がん剤が始まってめちゃくちゃしんどい。

11月18日
髪が抜けた。全部抜けた。
嫌だよ、せっかく伸ばしてたのに。
ツラい。嫌だ。死にたい。
食欲もない。苦しい。重病人みたい。もう全部やだ。
あの人がニット帽を持ってきた。
私のこと、かわいそうだって目で見てた。
それがたまらなく嫌だ。そんな目で見ないで。
ガマンできなくて、ひどいことを言ってしまった。
きっと嫌われたよね……。

12月10日
晴くんが病院まで会いにきた。
髪の毛が抜けて、やせ細った私を見ても好きだって言ってくれたんだ。

うれしくて、泣きそうになった。

一日だって晴くんを想わなかった日はない。

なにしてるかなって、ふとしたときに気になって、自分から突き放したくせに会いたいって……。毎日晴くんのことばかり考えていた。

会えなくても好きで、本当は私は、晴くんが今の自分を受け入れてくれることを心のどこかで願ってた。

こんな私を好きだと言ってくれてありがとう。

その言葉だけで、つらい治療もがんばろうと思えた。

それとね、今日はお母さんとも話したんだ。

お母さんにも、お母さんがふたりいて、私にもそれでいいんじゃないかって言ってくれた。

そしたらね、心がスッと軽くなったの。

お母さんのこと、受け入れられた。

私は本当のお母さんが自分の中から消えていくのが嫌だった。大好きだったから。

でもね……心の奥底で、今のお母さんに愛されたいって……願ってる私がどこかにいたんだと思う。

ふたりとも、私の大切なお母さん。

12月25日
晴くんは毎日会いにきてくれる。
クリスマスプレゼントのネックレスも、うれしかったな。
それにね……久しぶりのキスにもドキドキした。
幸せだった。
晴くんと再会してから、気持ちがすごく明るくなってる。
調子もいいような気がする。このまま元気になれるんじゃないかな。
抗がん剤が効いてるといいな。

俺には一切弱音を吐かず、明るく前向きだったひま。しかし日記には胸に秘めていた苦しみが綴られていて、胸が痛くなった。

1月15日
自分の病気を初めてネットで検索した。

見なきゃ、よかった。怖いことばかり書いてあった。
今の抗がん剤が効かなかったら、私は……死ぬかもしれない。
こんなに元気だもん。ちがうよね?
必ずよくなるって、晴くんだってそう言ってた。

1月25日
効いてなかった。もう全部がどうでもいい。

次からはもう日付けすら記されなくなった。なぐり書きのような荒々しい文字が、ひまの心情を生々しく伝えていた。

もうやだ。死にたい。生きたくない
どうしてこんなに苦しいの。あちこち痛い。もう起き上がれない。全身あざだらけ

会いたい人に会っておかなきゃ

苑ちゃん、美奈ちゃん、歩くん、福島、ありがとう

死にたくない……怖い。夜眠れなくて恐怖しかない。寝てる間に死んじゃったらどうしよう……

晴くんと見上げた青空に、そよそよ吹く春風になりたい。風が吹いたら思い出して、私のこと。なんてね

毎日会いにきてくれてありがとう。大すき

つらくてくるしかったけど、はるくんにであえてよかった

はるくんのえがおがすき

だからずっとわらっていてね

わたしのことはわすれてしあわせになっていいんだよ

でも……ほんとはいやだよ。もうあえなくなるなんて。わすれてほしくない

そこからはもう、涙でぐちゃぐちゃで読めなかった。
ひまが、俺の前では無理して笑っていたことを考えたら……胸が張り裂けそうになる。
もう二度と会うことはできない。いなくなるって、そういうことだ。
なぁ、ひま。
俺、おまえになにもしてやれなかった。
ごめん、ごめんな。俺が弱いばっかりに、病気のひまに気を遣わせて。
それでも俺はそばにいたかった。その考えはまちがっていたのかもしれない。
好きって気持ちを押しつけて、ひまを傷つけていたかもしれないなんて耐えられない。
でも、好きだったんだ。

誰よりもひまが大切だった。
できるなら、ずっとそばにいたかった。
「ひま……っ」
嗚咽《おえつ》が漏れて、必死に唇を噛んだ。これからどうやって生きていけっていうんだよ。
会いたい……おまえに。今でもこんなに好きなんだ。
そのとき、ひときわ強い風が吹いた。
サーッと髪を揺らして、涙をからめ取っていく。
穏やかで優しい、そんな春風。
ふいに顔を上げると青空が目に入った。涙でボヤける視界に青色がまぶしい。
木々の葉がざわざわと音を立てて、心を穏やかにしてくれる。
ひま――。
そこにいんのか？
泣くなって言ってるのか？
もう一度風が吹いて、俺は空を仰ぐ。
ふたりで見上げた時のように澄んだ空だった。
ひまはいるんだな、そこに。

そんな気がする。
だったら、泣いてちゃダメだよな。
ゴシゴシと涙をぬぐい、大きく息を吸う。カッコいいとこ、見せなきゃ。
だって俺、ひまにずっとみっともないとこしか見せてねーもん。
ふと下を見るとクローバーとシロツメクサが咲いていた。
風に吹かれて揺れながら、気持ちよさそうになびいている。
そんな中で偶然見つけた四つ葉のクローバー。
『どんなお願いも叶えてくれるんだよ！　奇跡の葉っぱなの！』
そう言って笑うひまの笑顔が頭に浮かんだ。
日記を閉じると今度はカバンから封筒を取り出し、手紙を開いた。

はるくんへ

お元気ですか？
この手紙をよんでるってことは、
わたしはもう、いないってことだよね。

晴くん、こんなわたしのそばにいてくれてありがとう。
晴くんに恋をして、わたしはしあわせでした。
つらかったけど、たのしかった。
晴くんのえがおには、人をしあわせにできるパワーがあるよ。
だからね、どうかそのえがおで、みんなをしあわせにしてあげて。
晴くんのえがおがわたしは大すき。
だからずっとわらっててね。
もしもさみしくなったら、空を見あげて。
わたしはいつでもみまもっています。
よつばのクローバーがさくころ、春風といっしょにもどってくるから。
わたしのぶんまで生きて、しあわせになってね。
それだけがわたしのねがいです。

『わたしのぶんまで生きて』

切実なひまの願いがその文字に現れていた。まるで俺が死にたがっているのを察しているような文章。それが胸にズシリと響いた。

「わかったよ……」

空を見上げて引きつる頬を持ち上げる。ここ最近笑ってなかったせいで、筋肉がピクピク震えた。

俺の笑顔が、天国にいるひまに届きますように。

足元の四つ葉にもそう願ってそっと目を閉じ、ただ風の音だけに耳を澄ませた。

エピローグ

一年後、春。

「おめでとう！」

歩が乱暴に俺の頭を撫でた。卒業式を終えて大学の合格発表を控えていた俺たちは、叔父さんのカフェでそのときを待っていた。

そしてついさっき、ネットで結果を確認したというわけだ。

「医学部に合格するなんて、やっぱりおまえはやればできる男だと思ってたよ！　今日はお祝いだなっ！」

「ま、努力したからな」

「だよな。お前この一年、人が変わったかのように勉強の鬼と化したもんな。愛だな、愛」

「はは」

愛だと言われて照れくさくなり、曖昧に笑ってごまかした。

ひまのそばにいたのになにもしてやれなかった不甲斐ない自分。ひまが亡くなり、ようやくそのことに向き合えるようになったとき、自然とひまと同じ病気で苦しんでいる人の力になりたいと思うようになった。ひまの病気を詳しく調べているうちに、医学ではまだまだ解明されていない病気も多いと思い知った。

当然だが俺には知識も全然備わっていない。少しでもひまの苦しみを理解したくて医学を学んでいるうちに、漠然《ばくぜん》と医者になりたいと思い始めた。少しでも多く、ひまのように苦しむ患者を救いたい。その一心でこの一年半本気で勉強に力を入れた。

学校では休み時間のたびに参考書を読み漁《あさ》り、親に頼んで塾に通わせてもらった。飯も食べず、風呂にも入らず、朝方までひたすら問題集を解いていたこともある。

人間本気になればなんでもできるし、目標があれば少しくらい寝なくても耐えられる。

毎日のように朝起きてからベッドに入るまでの間、勉強に時間を費やしたといっても過言ではない。フラフラになって倒れかけたこともあるけど、ひまの苦しみに比べたらどうってことはない。ひまの存在が胸にあるから、俺はどこまでもがんばれた。

今でも忘れられない、きっとこれから先もずっと永遠に、俺の中で生き続ける大切な存在。

思い出すとまだ胸が痛むけど、あいつに胸を張れる生き方をしようとあの日に誓った。

「いやぁ、マジで今日はおめでたいよ。みんなで一緒に合格祝いしようぜ」

「俺はパス。行くとこあるから」

そのときドアが開いて三人連れが入ってきた。

「日向くん、久しぶり！」

海堂が明るく笑って隣に座る。そして福島、美奈と続いた。ひまがいなくなっても、こいつらとの縁はなぜか続いている。

思い出すとまだツラいけど、あの頃よりは笑えるようになった。

「元気？」

「ああ、海堂は？」

「元気元気！　看護学部に合格もしたし、晴れて私も大学生だよ」

「へえ、福島は？」

「俺は薬学部だよ」

「あたしは栄養士！」

「みんな、俺の進路も聞いてくれ！」

「はいはい、歩は仕方ないなぁ。早く話して」

「苑ちゃん、相変わらず毒舌《どくぜつ》だね。ま、それがたまんないんだけど。俺、繊細なんだからもうちょい優しくお願いします」

「はいはい。で？」

「ちょっ、俺が言ってたこと聞いてた？」

「あ、フレンチトーストくださーい！」

「わかった言うから。俺は研究職に就くための大学に合格しましたー！　ちなみに国立の中でもトップレベルの大学でーす！」

「へぇ、すごいじゃん」

「頭だけはいいもんね、歩くん」

美奈もなかなか言いやがる。

「で、なんの研究をするの？」

「そんなの決まってんじゃん。新薬の研究だよ」

「ほう、それはそれは」

「でしょ？　苑ちゃん、俺のこと見直した？」

「うん、一ミクロンだけね」

「えー！」

その場にいた全員からドッと笑いが起こる。

どうやら歩の想いは現在も空振りのようだ。

それでもひまが残してくれた縁はきっと、この先もずっと続いていくだろう。

全員なにかしら医療に携わる職を選んだのは、ひまが関係しているんだと思う。

楽しげな声を背中で聞きながらそっとカフェをあとにする。

忘れないよ、いつまでも。
ひまは俺にとってかけがえのない、たったひとりの人だから。
見上げた空が青くて、自然と頬がゆるんだ。
今から君に会いに行く。
優しく穏やかに春風が吹く、あの場所に——。

fin

あとがき

こんにちは。

この度は本作を最後まで読んでいただきありがとうございます。

数年前に単行本として出させてもらった作品が新たに文庫として生まれ変わりました。

このお話は、「ものすごくピュアで純粋な恋物語を書きたい！」という私の願いから生まれた作品で、最初はほのぼのとした、胸キュンがたくさん詰まったどこにでもあるような恋愛で、ふたりの甘々なシーンは書いていてとても楽しかったです。

そして通学バスでの他校のモテモテな男子との恋愛は、私も憧れた時期があります。なかなか声がかけられないのが現実かもしれませんが、そのような出会いは女の子の理想で、夢で、願望で。学生の頃は私も夢見ていました。そういう夢や理想を書くのが大好きです。

晴臣とひまりはお互いがお互いを大好きで、このままずっと幸せでいてほしかったです。ふたりの愛は大きくて、病気にも負けず最後まで本当にピュアだったと思います。残される方も旅立つ方も、お互いに苦しみや葛藤があって、関わりあっているうちに緩和されていく。ひまりも幸せだったと思います。

私が言うのもなんですが、中盤からラストにかけては涙なしで書けない作品でした。その分思い入れもとても強くて、切ないけれど私にとってとても大切な作品のひとつになりました。

だからこそ、文庫化という形で再び多くの方にお届けすることができ、とてもうれしく思っています。

だからこそ読者の皆さまにも、楽しんで読んでもらえていたらうれしいなと思います。


最後になりましたが、長編にもかかわらず最後まで読んでいただき、本当にありがとうございました。

まだまだ未熟な私の作品を手に取ってくださり、お手紙や感想をくださる読者の皆さまに心より感謝申し上げます。

miNato

この物語はフィクションです。実在の人物、団体等とは一切関係がありません。

本作は二〇二〇年五月に小社・単行本『この空の下、きみに永遠の「好き」を伝えよう。』として刊行されたものに、一部加筆・修正したものです。

miNato先生へのファンレターのあて先
〒104-0031　東京都中央区京橋1-3-1　八重洲口大栄ビル7F
スターツ出版（株）書籍編集部 気付
miNato先生

君がくれた「好き」を永遠に抱きしめて

2024年2月28日　初版第1刷発行

著　者　miNato　

発 行 人　菊地修一
デザイン　フォーマット　西村弘美
　　　　　カバー　齋藤知恵子
発 行 所　スターツ出版株式会社
〒104-0031
東京都中央区京橋1-3-1　八重洲口大栄ビル7F
TEL　03-6202-0386（出版マーケティンググループ）
TEL　050-5538-5679（書店様向けご注文専用ダイヤル）
URL　https://starts-pub.jp/
印 刷 所　大日本印刷株式会社

Printed in Japan

定価はカバーに記載されています。
ISBN　978-4-8137-1549-8　C0193

スターツ出版文庫　好評発売中!!

『拝啓、私の恋した幽霊』　夏越《なごし》リイユ・著

幽霊が見える女子高生・叶生。ある夜、いきなり遭遇した幽霊・ユウに声をかけられる。彼は生前の記憶がないらしく、叶生は記憶を取り戻す手伝いをすることに。ユウはいつも心優しく、最初は彼を警戒していた叶生も、少しずつ惹かれていき…。決して結ばれないことはわかっているのに、気づくと恋をしていた。しかし、ある日を境にユウは突然叶生の前から姿を消してしまう。ユウには叶生ともう会えない“ある理由”があった。ユウの正体はまさかの人物で──。衝撃のラスト、温かい奇跡にきっと涙する。

ISBN978-4-8137-1534-4／定価726円（本体660円+税10%）

『愛を知らぬ令嬢と天狐様の政略結婚』　クレハ・著

幼き頃に母を亡くした名家の娘・真白。ある日突然、父に政略結婚が決まったことを告げられる。相手は伝説のあやかし・天狐を宿す名家・華宮の当主。過去嫁いだ娘は皆、即日逃げ出しているらしく、冷酷無慈悲な化け物であると噂かれていた。しかし、嫁入りした真白の前に現れたのは人外の美しさを持つ男、青葉。最初こそ真白を冷たく突き放すが、純粋無垢で真っすぐな真白に徐々に心を許していき…。いつも笑顔だが本当は母を亡くした悲しみを抱える真白、特別な存在であるが故に孤高の青葉。ふたりは“愛”で心の隙間を埋めていく。

ISBN978-4-8137-1536-8／定価671円（本体610円+税10%）

『黒龍の生贄は白き花嫁』　望月《もちづき》くらげ・著

色彩国では「彩の一族」に生まれた者が春夏秋冬の色を持ち、四季を司る。しかし一族で唯一色を持たない雪華は、無能の少女だった。出来損ないと虐げられてきた雪華が生かされてきたのは、すべてを黒に染める最強の能力を持つ黒龍、黒耀の贄となるため。16歳になった雪華は贄として崖に飛び込んだ──はずが、気づけばそこは美しい花々が咲き誇る龍の住まう国だった。「白き姫。今日からお前は黒龍である俺の花嫁だ」この世のものと思えぬ美しい姿の黒耀に、死ぬはずの運命だった色なしの雪華は“白き姫”と溺愛されて…⁉

ISBN978-4-8137-1538-2／定価682円（本体620円+税10%）

『偽りの男装少女は後宮の寵妃となる』　松藤《まつふじ》かるり・著

羊飼いの娘・瓔良は“ある異能”で後宮のピンチを救うため、宦官として潜入することを命じられる。男装し、やってきた後宮で仕えるのは冷酷無慈悲と噂の皇帝・風駕。しかし、何故か風駕は宦官である瓔良だけに過保護な優しさを見せ…。まるで女性かのように扱い好意を露わにした。彼に惹かれていく瓔良。自分は同性として慕われているだけにすぎない、と自身に言い聞かせるが、風駕の溺愛は止まらず…。まさか男装がバレている⁉「お前が愛しくてたまらない」中華風ラブファンタジー。

ISBN978-4-8137-1537-5／定価715円（本体650円+税10%）

スターツ出版文庫　好評発売中!!

『鬼の生贄花嫁と甘い契りを五～最強のあやかしと花嫁の決意～』　湊《みなと》祥《しょう》・著

生贄として嫁いでから変わらず、鬼の若殿・伊吹から最愛を受ける凛。幸せな日々を送る彼らに、現あやかしの頭領・大蛇から次期あやかし頭領選挙を行うと告げられる。対立候補は大蛇の息子・夜刀。花嫁の強さも比べられるこの選挙。人間の凛には妖力がなく負い目を感じるが「俺は凛がそばにいてくれているだけでいい。妖力なんかなくたって、そのままの凛でいいんだよ」優しい言葉をかけられた凛は伊吹のため、たとえ自分を犠牲にしてでも役に立ちたいと決意する。超人気和風あやかしシンデレラストーリー第五弾！

ISBN978-4-8137-1520-7／定価693円（本体630円+税10%）

『鬼の軍人と稀血の花嫁』　夏《なつ》みのる・著

人間とあやかしの混血である“稀血”という特別な血を持つ深月は、虐げられる日々を送っていた。奉公先の令嬢の身代わりに縁談を受けることになるが、祝言の夜、あやかしに襲われてしまう。深月を守ってくれたのは、冷たい目をした美しい青年――最強の鬼使いと名高い軍人・暁だった。「ずっと待っていた。君と出会う日を――」ある理由から“稀血”を求めていた暁は、居場所の無い深月を偽りの花嫁として屋敷に連れ帰る。最初はただの偽りの関係だったはずが…傷を秘めたふたりは徐々に惹かれ合い――。

ISBN978-4-8137-1521-4／定価660円（本体600円+税10%）

『たとえもう会えなくても、君のいた奇跡を忘れない。』　湊《みなと》祥《しょう》・著

高校生・藍は、６年前の事故で両親を亡くしてから無気力になっていた。ところがある日、水泳大会の係を明るいクラスの人気者・蒼太と一緒にやることになる。何事にも一生懸命な蒼太に心を動かされ、少しずつ前向きさを取り戻す藍。「もう死ぬなんて言うなよ」どんな時も藍のことを守り、藍にだけ特別優しい蒼太に惹かれていく。でも、蒼太には、藍が遭った事故と関係する秘密があって――。ラストに隠された真実に涙!!

ISBN978-4-8137-1535-1／定価715円（本体650円+税10%）

『残酷な世界の果てで、君と明日も恋をする』　水瀬《みなせ》さら・著

高２の莉緒はあることから親友に裏切られ、学校での居場所を失くしていた。もう消えちゃってもいいかな――。と、歩道橋の手すりをつかんだある日、幸野悟と出会った。「また明日！」彼の言葉に、明日になれば、何かが変わるかもしれない…そう期待してしまう。翌日、莉緒と同じクラスに悟が転校してきたのをきっかけに、いつしか彼に惹かれていく。少しずつ日常が変わり始めてきたと思い始めたある日、悟の秘密を知ってしまい――。衝撃の事実に涙が止まらない、青くて痛い今を生きる君へ送る青春恋愛ストーリー。

ISBN978-4-8137-1533-7／定価704円（本体640円+税10%）

スターツ出版文庫　好評発売中!!

『龍神の100番目の後宮妃～宿命の契り～』　皐月《さつき》なおみ・著

天涯孤独の村娘・翠鈴は、国を治める100ある部族の中で忌み嫌われる「緑族」の末裔であることを理由に突然後宮入りを命じられる。100番目の最下級妃となった翠鈴は99人の妃から虐げられて…。粗末な衣装しか与えられず迎えた初めての御渡り。美麗な龍神皇帝・劉弦は人嫌いの堅物で、どの妃も門前払いと聞いていたのに「君が宿命の妃だ」となぜか見初められて――。さらに、その契りで劉弦の子を身籠った翠鈴は、一夜で最下級妃から唯一の寵姫に!?　ご懐妊から始まるシンデレラ後宮譚。

ISBN978-4-8137-1508-5／定価693円（本体630円+税10%）

『さよなら、２％の私たち』　丸井《まるい》とまと・著

周りに合わせ、作り笑いばかり浮かべてしまう八枝は自分の笑顔が嫌いだった。そんな中、高校に入り始まった“ペアリング制度”。相性が良いと科学的に判定された生徒同士がペアとなり、一年間課題に取り組んでいく。しかし、選ばれた八枝の相手は、周りを気にせずはっきり意見を言う男子、沖浦だった。相性は98%、自分と真逆で自由奔放な彼がペアであることに驚き、身構える八枝。しかし、沖浦は「他人じゃなく、自分のために笑ったら」と優しい言葉をくれて…。彼と過ごす中、八枝は前に進み、“自分の笑顔”を取り戻していく――。

ISBN978-4-8137-1517-7／定価682円（本体620円+税10%）

『はじめまして、僕のずっと好きな人。』　春田《はるた》モカ・著

過去の出来事から人間関係に臆病になってしまった琴音は、人との関わりを避けながら高校生活を過ごしていた。そんな時、人気者で成績も抜群だけど、いつもどこか気だるげな瀬名先輩に目をつけられてしまう。「覚えておきたいって思う記憶、つくってよ」―そう言われ、強引に“記憶のリハビリ”とやらに付き合わされることになった琴音。瀬名先輩は、大切に思うほど記憶を失くしてしまうという、特殊な記憶障害を背負っていたのだった…。傷ついた過去を持つすべての人に贈る、切なくも幸せなラブストーリー。

ISBN978-4-8137-1519-1／定価715円（本体650円+税10%）

『僕の声が永遠に君へ届かなくても』　六畳《ろくじょう》のえる・著

事故で夢を失い、最低限の交流のみで高校生活を送っていた優成。唯一の楽しみはラジオ番組。顔の見えない交流は心の拠り所だった。ある日クラスの人気者、蓮杖紫帆も同じ番組を聴いていることを知る。深夜に同じ音を共有しているという関係は、ふたりの距離を急速に近づけていくが…。「私、もうすぐ耳が聴こえなくなるんだ。」紫帆の世界から音が失くなる前にふたりはライブや海、花火など様々な音を吸収していく。しかし、さらなる悲劇が彼女を襲い――。残された時間を全力で生きるふたりに涙する青春恋愛物語。

ISBN978-4-8137-1518-4／定価682円（本体620円+税10%）

スターツ出版文庫　好評発売中!!

『薄幸花嫁と鬼の幸せな契約結婚～揺らがぬ永久の愛～』　朝比奈希夜《あさひなきよ》・著

その身に蛇神を宿し、不幸を招くと虐げられて育った瑠璃子。ある日、川に身を投げようとしたところを美しい鬼のあやかしである紫明に救われ、二人は契約結婚を結ぶことになる。愛なき結婚のはずが、紫明に愛を注がれ、あやかし頭の妻となった瑠璃子は幸福な生活を送っていた。しかし、蛇神を狙う勢力が瑠璃子の周囲に手をだし始め――。「俺が必ずお前を救ってみせる。だから俺とともに生きてくれ」辛い運命を背負った少女が永久の愛を得る、和風あやかしシンデレラストーリー。

ISBN978-4-8137-1498-9／定価671円（本体610円+税10%）

『青に沈む君にこの光を』

退屈な毎日に息苦しさを抱える高一の凛月。ある夜の帰り道、血を流しながら倒れている男子に遭遇する。それは不良と恐れられている同級生・冴木だった。急いで救急車を呼んだ凛月は、冴木の親友や家族と関わるようになり、彼のある秘密を知る…。彼には怖いイメージと正反対の本当の姿があって――。（「彼の秘密とわたしの秘密」汐見夏衛）他、10代限定で実施された「第２回 きみの物語が、誰かを変える。小説大賞」受賞３作品を収録。10代より圧倒的支持を得る汐見夏衛、現役10代作家３名による青春アンソロジー。

ISBN978-4-8137-1506-1／定価660円（本体600円+税10%）

『君がいなくなるその日まで』　永良《ながら》サチ・著

心臓に病を抱え生きることを諦めていた高校２年生の舞は、入院が長引き暗い毎日を送っていた。そんな時、病院で同じ病気を持つ同い年の男子、慎に出会う。辛い時には必ず、真っ直ぐで優しい言葉で励ましてくれる慎に惹かれ、同時に明るさを取り戻していく舞。しかし、慎の病状が悪化し命の期限がすぐそこまで迫っていることを知る。「舞に出会えて幸せだった――」慎の本当の気持ちを知り、舞は命がけのある行動に出る。未来を信じるふたりに、感動の涙が止まらない。

ISBN978-4-8137-1505-4／定価660円（本体600円+税10%）

『夜を裂いて、ひとりぼっちの君を見つける。』　ユニモン・著

午後９時すぎ、塾からの帰り道。優等生を演じている高１の雨月は、橋の上で夜空を見上げ、「死にたい」と呟いていた。不注意で落ちそうになったところを助けてくれたのは、毎朝電車で見かける他校の男子・冬夜。「自分をかわいそうにしているのは、自分自身だ」厳しくも優しい彼の言葉は、雨月の心を強烈に揺さぶった。ふたりは夜にだけ会う約束を交わし、惹かれあっていくが、ある日突然冬夜が目の前から消えてしまう。そこには、壮絶な理由が隠されていて――。すべてが覆るラストに、心震える純愛物語。

ISBN978-4-8137-1507-8／定価660円（本体600円+税10%）

スターツ出版文庫　好評発売中!!

『わたしを変えたありえない出会い』

この世界に運命の出会いなんて存在しないと思っている麻衣子（『そこにいただけの私たち』櫻いいよ）ひとり過ごす夜に孤独を感じる雫（『孤独泥棒』加賀美真也）ひとの心の声が聞こえてしまう成道（『残酷な世界に生きる僕たちは』紀本明）部活の先輩にひそかに憧れる結衣（『君声ノート』南雲一乃）姉の死をきっかけに自分に傷を付けてしまう寿璃（『君と痛みを分かち合いたい』響ぴあの）。そんな彼女らと、電車で出会った元同級生、家に入ってきた泥棒、部活の先輩が…。灰色な日常が、ちょっと不思議な出会いで色づく短編集。

ISBN978-4-8137-1495-8／定価715円（本体650円+税10%）

『きみは僕の夜に閃く花火だった』　此見《このみ》えこ・著

高二の夏休み、優秀な兄の受験勉強の邪魔になるからと田舎の叔母の家に行くことになった陽。家に居場所もなく叔母にも追い返され途方に暮れる陽の前に現れたのは、人懐っこく天真爛漫な女子高生・まつりだった。「じゃあ、うちに来ますか？その代わり――」彼女の"復讐計画"に協力することを条件に、不思議な同居生活が始まる。彼女が提示した同居のルールは――【1.同居を秘密にすること　2.わたしより先に寝ないこと　3.好きにならないこと】強引な彼女に振り回されるうち、いつしか陽は惹かれていくが、彼女のある秘密を知ってしまい…。

ISBN978-4-8137-1494-1／定価649円（本体590円+税10%）

『君の世界からわたしが消えても。』　羽衣音《はいね》ミカ・著

双子の姉である美月の恋人・奏汰に片想いする高２の葉月は、自分の気持ちを押し殺し、ふたりを応援している。しかし、美月と奏汰は事故に遭い、美月は亡くなり、奏汰は昏睡状態に陥った――。その後、奏汰は目覚めるが、美月以外の記憶を失っていて、葉月を"美月"と呼んだ。酷な現実に心を痛めながらも、美月のフリをして懸命に奏汰を支えようとする葉月だけれど…？　葉月の切ない気持ちに共感！

ISBN978-4-8137-1496-5／定価682円（本体620円+税10%）

『龍神と許嫁の赤い花印三～追放された一族～』　クレハ・著

龍神・波琉からミトへの愛は増すばかり。そんな中、天界から別の龍神・煌理が二人に会いに来る。煌理から明かされた、百年前にミトの一族が起こした事件の真相。そしてその事件の因縁から、天界を追放された元龍神・堕ち神がミトに襲い迫る。危険の最中、ミトは死後も波琉と天界に行ける"花の契り"の存在を知る。しかし、それは同時に輪廻の輪から外れ、家族との縁が完全に切れる契りだという…。最初は驚き、躊躇うミトだったが、波琉の優しく真っすぐな愛に心を決め――。「ミト、永遠を一緒に生きよう」

ISBN978-4-8137-1497-2／定価671円（本体610円+税10%）

スターツ出版文庫　好評発売中!!

『青春ゲシュタルト崩壊』　丸《まる》井《い》とまと・著

朝葉は勉強も部活も要領よくこなす優等生。部員の仲を取りもつ毎日を過ごすうちに、本音を飲み込むことに慣れ、自分の意見を見失っていた。そんなある日、朝葉は自分の顔が見えなくなる「青年期失顔症」を発症し、それを同級生の聖に知られてしまう。いつも自分の考えをはっきり言う聖に、周りに合わせてばかりの自分は軽蔑されるはず、と身構える朝葉。でも彼は、「疲れたら休んでもいいんじゃねぇの」と朝葉を学校から連れ出してくれた。聖の隣で笑顔を取り戻した朝葉は、自分の本当の気持ちを見つけはじめる——。

ISBN978-4-8137-1486-6／定価814円（本体740円+税10%）

『またね。～もう会えなくても、君との恋を忘れない～』　小《こ》桜《ざくら》菜《な》々《な》・著

もうすぐ高校生になる菜摘は、将来の夢も趣味も持たないまま、なんとなく日々を過ごしていた。そんな中、志望校の体験入学で先輩・大輔と出会い、一瞬で恋に落ちてしまう。偶然の再会を果たしたふたりの距離は、急速に近づいていって…。別れ際の大ちゃんからの“またね”は、いつしか菜摘にとって特別な言葉になっていた。そんなある日、両想いを夢見る菜摘の元に彼から、“彼女ができた”という突然の知らせが届いて…。切なすぎる恋の実話に涙が止まらない‼

ISBN978-4-8137-1482-8／定価704円（本体640円+税10%）

『冷酷な鬼は身籠り花嫁を溺愛する』　真《ま》崎《さき》奈《な》南《な》・著

両親を失い、伯父の家で従姉妹・瑠花に虐げられる美織。ある日、一族に伝わる“鬼灯の簪”の封印を瑠花が解いてしまい、極上の美貌をもつ鬼の当主・魁が姿を現す。美織は、封印を解いた瑠花の身代わりとして鬼の生贄となるが——。冷酷で恐ろしいはずの魁は「この日が来るのを待ち焦がれていた」と美織をまるで宝物のように愛し、幸せを与えてくれる。しかし、人間があやかしの住む常世で生き続けるには、あやかしである魁の子を身籠る必要があると知り…。鬼の子を宿し運命が変わる、和風あやかしシンデレラ物語。

ISBN978-4-8137-1484-2／定価660円（本体600円+税10%）

『水龍の軍神は政略結婚で愛を誓う』　琴織《ことおり》ゆき・著

あやかしの能力を引き継ぐ“継叉”の一族にもかかわらず、それを持たずに生まれた絃はある事件をきっかけに強力な結界へ引き籠っていた。十八歳になったある日、絃の元へ突如縁談が舞い込んでくる。相手はなんと水龍の力をもつ最強の軍神、冷泉士琉だった。「愛している。どれだけ言葉を尽くそうと、足りないくらいに」愛などない政略結婚だったはずが、士琉は思いがけず、絃にあふれんばかりの愛を伝えてくれて——。一族から見放され、虐げられていた絃は、士琉からの愛に再び生きる希望を見出していく。

ISBN978-4-8137-1485-9／定価726円（本体660円+税10%）

書店店頭にご希望の本がない場合は、書店にてご注文いただけます。